鬼人幻燈抄❶

葛野編　水泡の日々

中西モトオ

双葉文庫

鬼人幻燈抄①

葛野編　水泡の日々

目次

葛野編

序　みなわのひび

「行く所がないんなら、うちに来ないか？」

降りしきる雨の中、男はそう言って手を差し出した。


今も思い出す。

五つの頃、父親の行いに耐えかねて妹と一緒に江戸を出た。

父は妹を虐待していた。こんな家にいてはいけないと思った。

「雨……強くなってきたな」

「うん……」

並んで歩く夜の街道の先は、暗くて何も見えない。傘もなくて、二人ともずぶ濡れ状態だ。体も冷え切り、だんだんと重くなってきた。

「鈴音（すずね）、ごめんな。何もできなくて」

赤茶がかった髪をした幼い妹——鈴音は物憂げに俯（うつむ）いている。

この子の右目を覆った包帯を見ると嫌な気分になってしまう。

俺は妹を父から守ってやれなかった。必死になって頑張ったのに家族という形を失くしてしまったのだ。辛くて、悔しくて。妹の右目の包帯に、自分の無力を見せつけられたような気がした。

「ううん。にいちゃんがいてくれるなら、それでいいの」

どちらからともなく伸ばされた手。

固く繋がれた掌の柔らかさに胸が温かくなる。

そうして鈴音はゆっくりと、本当に幸せそうな笑みを浮かべた。守るべきものを守れない無様(ぶざま)な自分と、雨に濡れながらも頬を緩ませる妹。その表情に俺は何を思ったのだろう。いろんな感情が混ざり合って、うまく言葉になってくれない。ただ、鈴音の無邪気な笑顔に救われた。

だから願った。

この娘が何者だとしても、最後まで兄でありたいと。

家を出ても当てはない。取り敢えず江戸を離れたけれど、どうすればいいのか分からないまま街道で途方に暮れていた。

雨が強くなった。前も見えないくらいだ。

だけど、どこにも行けない。帰るところなんてもうない。

きっと、俺達はこのまま死んでしまうんだろうな。そんなことを考えていた時に出会ったのが、三度笠を被りだらしなく着物を着崩した二十半ばくらいの男だった。そいつは俺達が家出してきたと知るや否や、いきなり「うちに来ないか」と言い出した。

ほとんど話もしていない相手だ、信用できる訳がない。鈴音を背に隠して精一杯睨み付けたけれど、男は飄々とそれを受け流す。

「そう睨むな。怪しい奴だが悪い奴じゃないぞ、俺は」

腰に刀を差していたので「武士なのか」と問えば、男は「巫女守だ」と誇らしげに答えた。意味は分からなかったけれど、あまりにも晴れやかな言い方だったから、きっと素晴らしいことなのだろうと子供心に思った。

「どうする？　このままここにいても野垂れ死ぬのが落ちだろう。なら俺に騙されてみるのも手じゃないか？」

この男の言うことは正論だ。後先考えず家を出たけど、俺達二人だけでは生きていけない。情けないけれど、そんなことは自分が一番よく分かっていた。

「にいちゃん……」

怯えるように着物の裾を掴んだ鈴音の左目が不安で揺れている。妹は父に虐待をされていたから、大人の男が怖いのだろう。でも俺達は所詮子供だ。誰かに頼らないと、ただ生きることさえできない。

「鈴音、行こう。大丈夫……俺も一緒だから」

結局、選択肢などない。生きるためには男の手を取るしかないのだ。こちらの内心を知ってか知らずか、男は呆れたように、けれど優しく眺めている。

差し出された手を握る。潰れた豆の上に豆を作った硬い掌だった。

「俺は元治（もとはる）だ。坊主、名前は」

硬い掌は、きっとこの人がそれだけ努力を重ねてきた証だ。店を営んでいた父の手が、いつもぼろぼろだったのを覚えている。だからだろう。武骨な感触に、この人は信じていいのだと思えた。

「……甚太（じんた）」

「いくつになる」

「五つ」

「ほう、五つにしちゃしっかりしてら。そっちは妹か」

「鈴音。俺の一つ下」

「そうかぁ。いや、俺には娘がいてな。ちょうど、お前の妹と同い年だ。仲良くしてやってくれ」

男——元治さんに手を引かれた俺が、鈴音の手を引く。傍から見れば奇妙に見えるだろう道中を、元治さんがからからと笑う。

俺達は誘われるがままに彼の住む集落へと向かった。

ごつごつとした掌が、鈴音の小さな手と同じくらい優しく感じられた夜だった。

「着いたぞ、ここが葛野だ」

街道を延々と歩き、山に入り草木を踏み分けて、元治さんが住むという山間の集落に辿り着いた時には、江戸を離れてからひと月以上経っていた。

うちに来ないか、なんて軽く誘うような距離じゃない。旅路では何度も野宿する羽目になった。しかも山道の途中で日が暮れ、あの夜みたいに雨まで降り出して、俺はすっかり疲れ切っていた。鈴音は別に普通の顔をしていて、それがちょっと悔しかった。

雨に視界を遮られたまま辺りを見回す。近くには川が流れていて、集落の奥は深い森が広がっている。妙に建物が乱立していてごみごみとした区域と、逆に民家がまばらに建っている区域があって、なんとなく乱雑な印象を受けた。自分が江戸以外の場所を知らないせいかもしれないが、奇妙なところというのが正直な感想だった。

「なんか変なとこ……」

鈴音も同じような感想だったらしく、辺りをきょろきょろ見回している。

「変なとこねぇ。ま、そうだろうな。葛野は踏鞴場だ。江戸と違って大した娯楽もない」

「たたらば？」

「鉄を造る場所のことだ。そういうのは追々教えるさ。付いてきな、こっちだ」

案内されたのは、屋敷というほどではないが周りと比べれば十分立派な木造の家だった。ここが元治さんの自宅らしい。

「さ、入れ」

後を追って中へ足を踏み入れる。すると家の中から小走りで、小さな女の子が姿を現した。

「お父さん、お帰りなさい！」

第一声の大きさに驚いて鈴音の態度が少し強張る。庇うように一歩前へ出たが、警戒はあまり意味がなかった。女の子はどうやら元治さんの娘らしく、勢いよく飛び出しそのまま父親に抱き着いた。

「おう、ただいま白雪。いい子にしてたか」

「もちろん」

「そうかそうか」

鈴音よりも少し小さな、色の白い少女。父親に頭を撫でられて、口元が心地よさに緩んでいる。元治さんの方も目尻が下がっていて、傍から見ても仲睦まじい親子だ。

「う……」

その光景の眩しさに鈴音が俯く。仲の良い父娘。この子の手に入れられなかったものが、ここにはあった。

　瞳を潤ませる鈴音が不憫に思えて、俺は彼女の小さな手を強く握り締めた。

「にいちゃん……？」

「大丈夫」

　何が大丈夫なのか自分で言っていて分からない。でも、握った手は離さなかった。

「大丈夫だから」

「……うん、大丈夫」

　握り返す掌から柔らかな熱が伝わってくる。くすぐったくなるような感覚に、二人して小さく笑い合う。

「あれ？」

　ひとしきり元治さんと話したところで、少女はようやく俺達に気付いたようだ。こちらを向いて不思議そうにしている。

「あの子たち、だれ？」

「道で拾った」

　事実ではある。でも、元治さんの返答は簡潔過ぎて逆に分かりにくかった。少女も同じように感じたようで、しきりに首を傾げている。

「今日から一緒に暮らすことになる」

父親の唐突すぎる発言に少女は面食らうことになった。

それはそうだ。いきなり見知らぬ相手と一緒に暮らせと言われて戸惑うなという方が無理だし、普通は嫌がるはずだ。

「ここで、暮らす？」

「ああ、こいつらをうちで引き取ろうと思う。いいか？」

「……うんっ！」

嫌がるはず、そう思っていたのに少女はむしろご機嫌だ。正直に言えば、俺の方こそ戸惑っていた。元治さんといい、この子といい、何故俺達を受け入れようとするのかが分からない。

「あ、あの」

口ごもる俺の前に少女が歩いてきて、顔を近付けて真っ直ぐに目を見る。

「私は白雪。あなたは？」

「じ、甚太……」

息のかかりそうな距離が妙に気恥ずかしい。きっと、顔が赤くなっていることだろう。

鈴音が俺の腕にしがみ付いた。人見知りの激しい妹のことだから、白雪の態度に気後れしているのだろう。怯えるような震えが掌から伝わった。

「こんばんは。あなたのお名前も教えて欲しいな」

「……鈴音」

ぽつりと一言だけ。ちゃんとしたあいさつはできていないけれど、白雪はにこにこしている。嘘みたいだけど、彼女は俺達を歓迎してくれているのだ。

「これからよろしくね」

やはり父娘は似るものなのか。手を差し出す彼女の姿が雨の中で手を差し伸べてくれた元治さんに重なって、俺は少し吹き出した。

「どうしたの？」

「ははっ、ごめん、何でもないんだ。よろしく。白、雪……ちゃん……」

たどたどしく名を呼ぶと、少女は微かに頬を緩め首を横に振って否定する。

「ちゃんはいらないよ。だって……」

そして白雪は、小さな子供には似合わないくらい優しく目を細めた。

「私達、これから家族になるんだから」

多分俺は、その笑顔に見惚れていた。


それが最初。

家族になると言ってくれたのが、どうしようもなく嬉しかった。

あの出会いにどれだけ救われたか、彼女はきっと知らないだろう。

今も思い出す懐かしい景色。

いつか、二人の少女の笑顔に救われた。

何もかもを失って、小さなものを手に入れた遠い雨の夜のことだ。

こうして俺達は元治さんの家で暮らすようになった。

なんでも彼の奥さん……夜風さんは葛野の「おえらいさん」らしく、集落の長に俺達が葛野で生活できるよう取り計らってくれたらしい。夜風さんにはすごく感謝している。会ったことはほとんどないけれど。

何故一緒に住んでいないのか元治さんに質問すると、決まって「あいつは仕事で社に住んでいる」と苦笑いしたものだ。もう少し聞きたかったが、白雪が悲しそうな顔をするからそれ以上は止めておいた。

ともかく江戸を離れた俺達は、葛野で新しい生活を始めた。

最初はおどおどしていた鈴音だが三年も経てばさすがに慣れてきたようで、今では俺や白雪以外と一緒に遊んでいることもある。ちとせという四歳か五歳くらいの女の子だ。鈴音はもう七歳になるけど見た目は幼いから、二人でいても全く違和感がなかった。

そして俺はというと——

「くそっ」

「かっかっ、振り回すだけじゃ当たらねえぞ」

がむしゃらに木刀を振るうが、元治さんは小さな動きでそれをいなしていく。

「甚太、頑張れ」

白雪は楽しそうに俺と元治さんの打ち合いを観戦している。

俺は葛野に来てから、元治さんに剣の稽古をつけてもらうようになった。

雨の夜、何もできなかった自分がいた。

雨の夜、大切なものを手に入れた。

いざという時に鈴音を、そして白雪を守ってやれる男になりたいと思った。我ながら子供じみた発想だが、元治さんは馬鹿になんかしなかった。それどころか毎朝、相手をしてくれている。

「ほら、しっかり！」

白雪がはやし立てる。朝早いので鈴音はまだ寝ているが、白雪は毎日、この稽古を応援してくれていた。

稽古とはいえ格好悪いところは見せたくない。気合いを入れて打ち込んでいくが、元治さんは全然余裕を崩さない。

横薙ぎ、弾かれる。突き、体を捌かれる。袈裟懸け、半歩下がって避けられた。

「おう、中々鋭くなってきた」

踏み込んで、渾身の振り下ろし。

しかし、その一撃は木刀で簡単に弾かれ、

「だが振りが大きい」

「ぎゃっ！」

返す刀で頭を叩かれる。手加減はしてくれたのだろうが、結構な衝撃が走った。木刀を落とし殴られたところに手を当てる。触った感じ、しっかりこぶになっていた。

この通り、気合いを入れても結果は同じ。今日も、俺は敗けの数を増やすことになった。

「残念だったね」

白雪が微笑みながら近付いてきたので、とっさに落とした木刀を拾い上げて顔を背けた。いいところを見せようと気合いを入れたくせに、いとも簡単にやられたのが何となく気恥ずかしかった。

「やめろよ」

「いいからいいから」

仏頂面で座り込む俺の頭を撫でる小さな手。こちらの考えなんてお見通しらしい。白雪は俺が強がっているのを見透かして、やっぱりにこにこしている。

「平気だよ、お姉ちゃんが慰めてあげるからね」

「何がお姉ちゃんだよ。俺より年下の癖に」

「私の方がしっかりしてるから、お姉ちゃんなのっ」

自信満々にそう言われても、どう返していいのか分からなかった。溜息を吐きながらも黙って頭を撫でられる。気恥ずかしいのは変わらないが、これも悪くないと思った時点で自分の負けなんだろう。

元治さんがいかにも微笑ましいといった様子で俺達のことを見守っている。

「はっはっ、まだまだだな」

「元治さんが強すぎるんだよ」

「ったりめぇだ。年季が違わぁな」

涙目で睨（にら）み付けても、木刀の峰（みね）で肩を叩きながら笑うだけ。普段の態度からは想像もつかないが、この人は葛野一の剣の使い手らしい。人は見かけによらないという言葉通りだ。

「そんな落ち込むな。ま、精進するこった」

「分かってるよ。……でもさ、俺、鍛錬を始めても全然変わらないし」

強くなれない、ではなく変わらない。守れるように強くなりたいと願っても現実には何も変わらなくて、時々、自分は何をしているんだろうと考えてしまう。

内心の不安を悟ったのか、元治さんは普段は見せないような優しさで窘（たしな）める。

「いいか、甚太。変わらないものなんてない。自分じゃそんな風には思えねぇかもしれんが、お前だって少しずつ変わってるんだ。だから腐るな。お前は強くなれる。俺が保証してやらぁ」

「……うん」

言われたからって何が変わる訳でもないし、やっぱり何かが変わったようには思えない。けれど、少しだけ心は軽くなった気がした。

「と、そろそろ仕事に行かにゃならん。悪いがここまでだ」

元治さんが木刀を持ったまま背を向ける。稽古は元治さんが仕事に行くまでの間という約束だ。無理に引き留めてはいけない。

「分かった。元治さん、今日もありがとう」

「気にすんな。俺が好きでやってることだ」

「お父さん、いってらっしゃいっ」

「おーう、いい子にしてるんだぞ」

振り返りもせず歩いていく元治さんは汗一つかいていない。俺の力では、あの人を疲れさせることさえできないのだ。左手は知らず知らずのうちに木刀を強く握り締めていた。実力に差があるのは分かっているけど、やっぱり悔しいのには変わらない。

「なあ」

「なに?」

「元治さんって何やってんの？」

そう言えば、あの人は葛野……製鉄の集落に住んでいるが、他の男達に交じってたたら製鉄の仕事をしているところなんて見たことがない。純粋に元治さんの仕事が何なのか気になった。

「いつきひめの巫女守だよ」

出会った時にもそう言っていた。けどそれがどういう役割なのか、実はよく知らない。

「お母さんはいつきひめなの」

「お母さんって、夜風さん……だったっけ？」

「うん、そう。お母さんは『マヒルさま』の巫女様なんだ」

一応、一度だけ御簾(みす)越しにならい会ったことがある。葛野に住んでしばらく経ってから呼び出されて、ちょっとだけ話もした。なんか優しくて、この集落をすごく大切にしてるんだなって感じの人。その時に「マヒルさまの巫女」の意味も少しだけ教えてもらったような。ただ、難しくてあんまりよく分かっていなかった。

お母さんの話題に触れた白雪は遠くを眺めている。視線の先は集落の北側、小高い丘に建てられた社(やしろ)の方だ。

「あの社にずっといるんだよな」

「……うん。いつきひめと直接会えるのは、集落の長と巫女守だけなの。『いつきひめはそのしんせいさを保つためにぞくじんと交わってはならない』んだって。お父さんは巫女守だから毎日会えるけど、私はもう何年も会ってないなぁ」

あははと軽い調子で、けど寂しげに目を伏せる。ちょっとした仕種に、なんで白雪が俺達を受け入れてくれたのか分かった気がした。

この三年間、白雪は一度も母親と会っていない。きっと、俺がこの家に来る前も同じなのだろう。巫女守というものがどういうものかは分からないけど、父親は仕事で母親と毎日会うのに自分だけが会えない。そんな日常に、白雪は仲間外れにされていると感じていたのかもしれない。そもそもまだ小さな女の子だ。母親に会えないことを寂しいと思わない訳がないのだ。

だから、家族が欲しかった。

今になって初めて知る、俺を救ってくれた彼女の弱さ。

「あの、さ。俺は一緒だからな」

「え?」

「俺は、ずっと一緒にいるから」

俺がいるから寂しくないだろ、とは言えなかった。彼女の寂しさを埋められるなんて自惚(うぬぼ)れてはいない。ただ、傍にいたいと思った。できることなんてないけれど、せめて一緒に悲しんでやりたかった。

「なにそれ」

「笑うなよ」

「だって」

楽しそうな白雪に顔が熱くなる。我ながら恥ずかしいことを言ってしまったが、撤回はしない。本音を嘘にするような真似は、もっと恥ずかしい。

「甚太」

白雪が真っ直ぐに目を見詰めてくる。心臓が脈打った。黒い透き通った瞳に心を見透かされたような気がした。

「ありがとね」

儚げな彼女の佇まいは、揺らいで消えてしまいそうな淡い灯火のようだ。普段は活発な印象を抱かせる白雪の見せた頼りなさ。何か言わなくちゃ。

「なあ、白雪。俺……」

誘われるように俺は彼女に言葉をかけようとしたが、慰めの言葉は最後まで口にできなかった。

「にいちゃん？」

「うわっ⁉」

右目に包帯を巻いた、赤茶がかった髪をした少女。いつの間に起きてきたのか、気付いたら鈴音が隣にいた。

「す、鈴音」

「おはよう、にいちゃん」

心臓が強く鳴っている。危なかった。危うく妹の前で恥ずかしい台詞を吐くところだった。

「どうしたの？」

なんだか白雪が楽しそうにしている。多分、何を言おうとしていたのか勘付いているのだろう。

「なんでもないっ！」

照れ臭さから語気が荒くなる。毎回毎回、元治さんに負けている俺は、なんだかんだで白雪にも勝てないのだ。

「にいちゃん、どうしたんだろ？」

俺がなんで怒っているのか分からないみたいで、妹は人差し指を自分の唇に当てて考え込んでいる。その様子がおかしかったらしく、白雪はますます笑った。

「いいからいいから。さ、まずはご飯食べて、その後はみんなで遊ぼう」

「ん、うん！　今日は何するの？」

「そうだなぁ、『いらずの森』へ探検とか」

にぎやかに会話する二人の姿は、容姿は似ていないのに姉妹のようにも見える。それが嬉しいようで、少し寂しくもある。寂しいのはどちらのことを思ってだろうか。

「甚太もいいよね？」

「無理って言ったら」

「えっ、連れてくよ」

端から意見を聞く気はないらしい。まあ、いつものことだからいいけど。

頷くと、示し合わせたように白雪たちは顔をほころばせた。

「じゃあ、行こう」

「行こう」

二人が手を差し出す。

俺を救ってくれた二つの笑顔と、伸ばされた二つの手。木刀を持っているから片方しか取れなかった。だから、自然と一つの手を選ぶ。

握り締めた掌は小さくて、あたたかい。離さないように、でも壊してしまわぬようほんの少しだけ力を込める。

「ああ、行こうか」

一緒になって笑って、三人で走る。

いつもと何一つ変わらない、当たり前の朝だった。

握った手のあたたかさを知っていた。いつか離れると知らずにいた。

まだ俺が甚太で、彼女が白雪で、鈴音が鈴音だった頃の話である。


……今も、思い出す。

幼い頃、俺は元治さんに剣の稽古をつけてもらっていた。あの人は強くて、最後まで一太刀も入れられなかった。それを眺め、頑張れと応援する白雪。結局いつも俺が負けて、その度に慰めてくれた。

稽古が終われば遊びに出かける。その頃には妹も起きて来て、今日はなにをしようかなんて、いつも三人で走り回った。

俺達は、確かに本当の家族だった。

けれど目まぐるしく歳月は往き、幸福な日々は瞬き(またた)の間に流れる。かつて当たり前にあったはずの日常は記憶へと変わり、思い返さなければいけない程に遠く離れた。背は高くなり声は低くなり、背負ったものが増えた分、無邪気に駆け回ることもできなくなった。いつまでも子供のままではいられないと、いつしか「俺」は「私」になった。

しかし今も私は幼かった頃を、ぬるま湯に浸かるような幸福を本当に時折だが思い出す。そして、ほんの少しだけ考えるのだ。

差し出された二つの手は、木刀を持ったままでは片方しか握れない。だから何も考えずに選んだ。繋げる手は一つしかなかった。だが、もしもあの時に逆の手を取っていたのなら、私達はどうなっていたのだろうか。あるいは、もう少し違った今があったのではないか。

不意に夢想は過(よぎ)り、しかし意味がないと気付き切って捨てる。選んだ道に後悔はあれど、今さら生き方を曲げるなぞ認められぬ。ならばこそ夢想の答えに意味はなく、仮定はここで棄却される。

そうしてこの手には、散々しがみ付いてきた生き方と、捨て去ることのできなかった刀だけが残り。

ぱちんと。

みなわのひびは、はじけてきえた。

鬼と人と

1

風の薫る夜のことだった。

春の終わりに舞い散る花弁で季節を彩ったかと思えば、芽吹く若葉が街道を翠に染め上げる。初夏の葉桜は、時に神秘ささえ醸し出す景物である。新緑が薄紅の花にとって代わり、ほのかに夏の気配を漂わせる夜、空はわずかながら重くなった。だというのに、青葉の隙間を抜ける風は春の名残かいやに冷たい。

揺れる梢、流れる緑香、見上げれば星の天幕。心地よいはずの夜に寒気を感じたのは、風の冷たさのせいばかりではないだろう。今宵はどこか金属質で、触れる感触が硬く冷え切っている。

そんな鉄製の夜に青年は佇む。江戸から続く街道の一里塚のひとつ、植えられた桜の木にもたれ掛かり鋭い目付きで宵闇を睨み付けている。

青年の名は甚太という。齢十八にして六尺近い巨躯を持ち、浅葱の着物の下には無数の練磨を重ねた跡があった。腰には鉄造りの鞘に収められた二尺六寸の刀を差し、まとう気配はそれこそ刃のようだ。

「もし」

不意に呼び掛けられた。

横目でちらりと見れば、そこには妙齢の女が佇んでいる。

「貴方様は葛野をご存知でしょうか」

女はゆるりと笑う。年若い娘には似合わぬ、見る者を惑わす妖艶な笑みだった。

「そこは私の住む集落だ」

返すのは感情の乗らない、硬く冷たい金属の声音。しかし、女は安堵したように瞼を伏せる。

「ああ、やはり。もしよろしければ案内を頼みたいのですが」

「ほう。何か用向きでも？」

問いながら一歩前へ出る。気付かれぬほどに緩慢な所作で、わずかに腰を落とし半身。左手は既に腰のものへと添えられている。

「ええ。葛野には嫁に出た妹がおりまして。挨拶に行こうと思っていたところなのです」

「……そうか」

その一言を皮切りに甚太は動いた。

右足で大きく踏み込むと一気に女との距離が詰まる。両の足で地を噛む。淀みなく鯉口を切り抜刀、逆袈裟、わずかな躊躇も見せず女の体を斬り裂く。

「か……」

口から空気が漏れ、鮮血が舞う。

白刃が女の肢体を斬り裂いた。傍目には凶行に映るであろう一連の動作を終え、一切の動揺なく金属質の声のまま甚太は吐き捨てる。

「人に化けるのはいい。だが、肝心の瞳が赤いままだ……鬼よ」

鬼と人を見分ける手段はいくつかあるが、もっとも単純なものが瞳の色である。鬼の瞳は総じて赤い。怪異としての格が高いものは人に化ければ目の色も隠せる。しかし、力を持たぬ鬼にとっては難しいらしく、人に化けても瞳だけが赤いまま残っていることも多い。つまり女は、人ならざるあやかしであった。

『き、さま』

もはや形相は人のそれではなく、憎しみの籠った赤い目が甚太を捉える。女の体は隆起して筋肉が異常に発達し、肌も青白く変化していく。鬼は元の姿に戻ろうとしているのだろう。

それも遅い。残した左足を一気に引きつけ、さらに地を蹴る。掲げた刀を、絶殺の意を込め鬼の首へ。

今度は、呻き声すら上がらなかった。鬼は正体を見せることもできず、人と異形が混じり合った醜悪な姿を晒し地に伏せた。死骸からは白い煙が立ち昇り始める。いや、煙よりも蒸気の方が正しいか。消え往く鬼の体躯は溶ける氷だった。

その光景に何かを感じることはない。ただ平静に鬼の最期を眺め、血払いに刀を振るい、ゆっくりと鞘に収める。ちんっ、とはばきの留まる軽い音が響く頃、鬼の死骸は完全に消え失せた。

それらを見届け、やはり何の感慨もないままに街道を歩き始める。

葛野の集落までは、まだ少し距離があった。

――時は天保十一年（１８４０年）。

陸奥国や出羽国を中心として始まった大飢饉は多数の死者を出すも、冷害が治まったことにより取りあえずの終焉を迎えた。しかしながら日の本の民を長らく苦しめた年月、その間に荒んだ人心を癒すには少しばかり時が足らなかった。

人心が乱れれば魔は跋扈するもの。

鬼は時折人里へ姿を現し、戯れに人を誑かすようになっていた。

葛野の集落は江戸から百三十里ばかり離れた山間にある。

近隣を流れる戻川からは良質の砂鉄が採れるため、ここは古来よりたたら場として栄えていた。葛野の鉄造りは高い技術を誇り、刀鍛冶においては「葛野の太刀は鬼をも断つ」と讃えられた日の本有数の鉄師の集落である。

集落の北側は高台になっており川が氾濫しても被害が少ないことから、他の民家とは明らかに趣の違う朱塗りの社が建てられている。社には「いつきひめ」——葛野で信仰されている土着神に祈りを捧げる巫女が常在していた。

葛野は産鉄によって成り立つ土地。鉄を打つのに火は不可欠であり、自然と信仰の対象は火の神になる。この火を司る女神は「マヒルさま」と呼ばれ、火処（製鉄の炉）に消えることのない火を灯し、葛野に繁栄をもたらすと信じられていた。いつきひめはマヒルさまに祈りを捧げ、鉄を生み出す火を崇める巫女。即ち葛野において姫とは火女であった。火の神に畏敬を抱くのは産鉄民として至極当然の成り行きであり、日々の生活を支える鉄、その母たる火と通じ合う巫女の存在は、古い時代には神と同一視された。

天保の時代ではそこまでの信仰はないが、それでもいつきひめは社に住み、俗人に姿を晒すことはない。火女は社からほとんど出ず、御簾の向こうに姿を隠してただ神聖なるものとして集落の中心にあり続けるのだ。

「甚太……此度も鬼切役、大儀でした」

初夏だというのにどこか寒々しく感じられる板張りの社殿、その奥に掛けられた御簾の向こうにいつきひめは座している。板張りの間には集落の長、長の隣には若い男、そして鍛冶師の頭や鉄師の代表など集落の中でも権威を持つ数人の男が集まっていた。

御簾越しに柔らかく語り掛けるのは当代のいつきひめ、白夜である。御簾に隠れその顔を見ることはできないが、影は満足そうに頷いていた。

「は」

鬼を斬り、その足で訪れた社。いつきひめや集落の長に結果を報告すれば、申し分ないと皆一様に甚太の働きを認める。

「悪鬼羅刹を前にしても決して退かぬ貴方の献身、嬉しく思います」

「いえ、巫女守として為すべきを為したまでにございます」

いつも通りの答えだ。いかな鬼を葬ったとしても、甚太の発言はさほど変わらない。謙遜ではなく大したことではないと思っていた。甚太は産鉄の集落に住みながら製鉄には関わらない。彼は、この村で二人しかいない巫女守だった。

巫女守とは文字通りいつきひめの守役——護衛である。本来、苗字帯刀は武士のみの特権だが、御料である葛野では巫女守に選ばれた者は帯刀が許され、いつきひめと御簾越しでなくとも話すことを認められた。

また、巫女守には護衛以外に「鬼切役」が与えられる。古い時代、星や月の光だけが夜を照らしていた頃、怪異は現実的な脅威として存在していた。故に病気には医師がいるように、火事には火消しがいるように、怪異にもまた対処する役が設けられた。鬼切役とは文字通り鬼を切る、つまり集落に仇なす怪異を払いのける役割である。

いつきひめは葛野の繁栄のために祈りを捧げる巫女であり、それを守る巫女守は取りも直さず葛野の守り人だった。

「まったく、我らが巫女守は謙虚でいかん。江戸にもぬし程の剣の使い手はおるまい。もっと誇ればいいじゃろうに」

鍛冶師の頭は豪快に笑い飛ばすが、返す甚太の顔は暗い。

「……私には葛野の民としての才がありませんので」

巫女守の立場故に産鉄や鍛冶には携わらない甚太だが、そもそも彼には職人としての才があまりにもなかった。幸いにして剣の腕が立ち、白夜の鶴の一声もあって今の地位についた。しかし、もしも巫女守になれなかったならば、おそらく集落のお荷物として生きることになっただろう。その様が簡単に想像できるからこそ剣の腕を褒められても、どれだけ鬼を斬ろうとも、そこに価値を見出せないでいた。

——己に為せるはただ斬るのみ。葛野の同朋のように生み出す業を持たぬ。

巫女守という役には無論誇りを持っている。だが、鍛冶や製鉄の業に憧れもあった。それがそのせいか殺すしかできず何も生み出せない自分をどうしても低く見てしまう。それが甚太の根底にある劣等感だ。

「なぁに、甚太の使う刀はこっちで造ってやる」

「そうだ。儂らには鬼を斬る技はないが、鬼を斬る刀ならば打てる。お主には鬼を斬る刀は打てんが、鬼を斬る技がある。それでよかろうて」

頭達の気遣いに甚太は素直な礼を述べ、深く頭を下げる。彼の深い感謝に嘘はなく、それが集落の男達の自尊心をくすぐった。

巫女守は栄誉な役である。甚太自身が嫌うため集落の代表達が敬語で話すことはないが、本来、葛野における巫女守の権威は長やいつきひめに次いで高い。だから多くの者は巫女守である甚太に敬意をもって接し、敬称を付けて呼ぶ者も多い。

同時に、それは妬心を掻きたてることにも繋がる。年齢が高くなればより顕著である。年若いどこの馬の骨とも分からぬ小僧が集落の守り人として持て囃されれば、集落の権威達にとってその事実は受け入れ難いものになるだろう。

しかしながら当の小僧は剣の腕が立ち数多くの鬼を葬りながらも、自分達の持つ鋳造や鍛冶の技術に羨望を抱き礼節をもって接している。甚太の態度は集落の男達を満足させ、故に彼は巫女守として疎まれることなくあり続けている。奇妙なことながら、劣等感こそが甚太を守っていた。

「此度の鬼はいかなものでしたか？」

彼の胸中を察したのだろう、白夜が話を進める。その意を汲んだ甚太は、沈む心を無理矢理に引き上げ堂々と問いに答えた。

「人に化けて葛野に侵入しようとしておりました」

鬼、山姥（やまんば）、天狗、狒々（ひひ）。山間の民族にとって怪異は実存の脅威だ。男達はおしなべて表情を引き締め、真剣に耳を傾けている。

一瞬の間を置いて、今まで一言も発さなかった集落の長が呻（うめ）いた。

「ふぅむ……。おそらく狙いは姫様であろうな」

息を呑む音。場に嫌な空気が流れた。

鬼は元より千年を超える寿命を持つが、巫女の生き胆（ぎも）は喰らえば不老不死が得られるという。説話や伝承ではよく見られる記述だ。真実か否かは知る由もないが、中にはそれを信じ実行する鬼もいるだろう。事実、先代のいつきひめ「夜風」は数年前、鬼に食われて命を落とした。

当時の巫女守であった元治も、その鬼との戦いに殉じた。かつての惨劇が想起されたらしく、男達は狼狽（うろた）えざわめき始める。

「姫様が……」

「やはり鬼は……」

いつきひめは葛野の民にとって信仰の要、精神的な支柱だ。それが脅かされるという事実に心中穏やかではない。

「いえ、あるいは『夜来』かもしれません」

従容たる白夜の弁に、皆が多少の落ち着きを見せる。

「いつきひめが代々受け継いできた宝刀は、鬼にとっても価値があるものでしょうから」

「ほう……」

怪訝そうに長が眉をひそめた。

夜来とは社に納められている御神刀である。戦国の頃から伝わるこの太刀は火の神の偶像であり、管理者に選ばれた者、即ちいつきひめは「夜」の文字を含んだ名に改名するのが習わしとなっている。当代の所有者である彼女も、本名とは別に「白夜」と名乗っていた。

「鬼が御神刀を……夜来は葛野の技術の粋を尽くして造られた太刀。千年の時を経てなおも朽ち果てぬ霊刀だという。鬼もその力を欲するかもしれぬ、ということですかな」

「ええ、可能性はあると思いますが」

厳めしい顔が歪み、長の目がいやに鋭く変わった。そうして左手で顎をいじりながら

「ふむ」と一つ頷く。

「ですが、姫様自身が狙われる理由となるのもまた事実。それはお忘れなきよう」

「そう、ですね」

返答がほんの少しだけ強張る。襲撃への恐怖ではない。躊躇い、いや戸惑いが近いか。直接顔を見なくとも甚太には彼女の硬さが感じ取れた。

長は気にも留めず話を続ける。老獪な彼ならば、気付かなかったのではなく知りつつも見ぬふりをしたのだろう。

「ご理解いただけて幸いです。姫様は葛野になくてはならぬお方、我らの支柱。そして、いつきひめを、葛野の未来を慮るのは集落の長たる私の責務。ならばこそ、時には諫言を口にせねばならぬ場合もございます。なにとぞご容赦を」

「……ええ、分かっています」

白夜の返答に長は恭しくかしずく。慇懃無礼に見えるが、その忠心に疑いはない。長は本心から葛野の安寧と繁栄を望んでいる。それは集落の誰もが知るところだから白夜も諫めはしなかった。

「甚太よ」

一呼吸を置いてから、長が甚太を見据えた。

「以後も葛野の宝、姫様と夜来を狙う鬼は出てくるだろう。巫女守としての責、身命を賭して果たすように」

「御意」

白夜を責めるような物言いに反感はあったが、彼女自身が認めた以上、食って掛かっても仕方がない。短く答えれば、従順な態度に満足したのか長はゆっくりと頷いた。

これで発言する者は誰もいなくなり、そろそろ解散かと思われた時、場違いなくらいに悪意を帯びた揶揄が飛ぶ。

「そうだよな、お前にはそれしかできねぇからな」

嘲りは長の隣に座っていた若い男からだ。細面で顔立ちは良いが、嫌らしいにやつきのせいで凛々しさはあまりない。甚太よりも一回り小さい背格好の青年、名を清正といった。

彼は甚太にとって同僚に当たる、この集落に二人しかいない巫女守の片割れだ。といっても白夜が選んだ訳ではなく、半年程前に長が無理矢理ねじ込んだ人物である。

清正は長の一人息子だった。集落のまとめ役、その後継として教養を身につけてはいるが、剣の腕はさほどでもない。そのため彼は、巫女守でありながらも鬼切役は受けない。主に甚太が葛野を離れる時、または何らかの理由で護衛に付けない場合、代わりに社の守を務めるのがせいぜいだった。

果たしてそれで巫女守と言えるのか。老いてから生まれた子供なので我が子可愛さで長が選んだのでは、といった疑問も多く上がったが、表だって長に反抗できるわけもなく現状は続いている。

「何が言いたい」

甚太が射るような視線を向けても、清正はどこ吹く風で軽薄なまま。同じ役に就く二人だが、お世辞にも仲が良いとは言い難い。巫女守に就いた当初から清正は棘（とげ）のある態度をとっており、甚太も明らかに長の権力で巫女守となったこの男には含むところがあった。

「そのまんま、お前は刀を振るうしか能がないって話だよ」

嫌味ったらしい物言いだが否定する気にはなれないし、できなかった。その罵倒は同時に自己評価でもあった。どれだけ取り繕おうと所詮は斬るしか能のない男、指摘されたとて今さらだろう。

甚太は眼をつむり、こくりと首を縦に振った。

「成程、確かにその通りだ。ならばこそ、刀をもって姫様に尽くそう」

「……ちっ、つまんねぇ奴だな」

清正が露骨に眉根を寄せる。顔色こそ変えないが、甚太もまたこの男を不愉快に思っている。険悪な雰囲気は続き誰も口を挟めずにいた。

「神前での諍（いさか）いは褒められたものではありません」

それを打ち破ったのは、白夜の静かな叱責だ。

「甚太、そして清正。巫女守はいつきひめの、ひいては集落の守り人。貴方達が争っていては集落の民も不安を抱くでしょう」

「……は、申しわけありません」

いつきひめに窘められては反論もない。甚太はぐっと頭を下げる。素直な応対を快く思ったのか、御簾の向こうでかすかに影が揺れた。

「貴方もです、清正」

「俺もかよ」

「当然です。貴方も巫女守でしょう」

「巫女守っつっても、俺はお前の護衛くらいしかしねぇんだけどな」

こちらは内心の不満を一切隠さない。あまりの乱雑さに白夜も小さく溜息を漏らした。

「相変わらずですね」

「今さら喋り方を変えろって言われても無理だぜ」

「ええ、期待はしていません。ただ、今回の諍いは貴方の不要な発言が招いたこと。以後は」

「へいへい、分かってますよ」

清正は面倒くさそうに言い捨て雑に話を切り上げる。長の息子だからか、こうした応対を咎める者は誰もいない。ただ、白夜自身も疎ましくは感じていないようだった。それどころか楽しげでさえある。強張っていた彼女の声はいつの間にか柔らかさを取り戻していた。

二人の遣り取りに甚太はかすかな痛みを覚える。白夜と清正の間に、少なからず親しみというものが感じられたからだ。奴も巫女守、いつきひめと近しくなって当然だが、十分に理解しながらも痛みは消せなかった。

「清正の態度には罰を与えるべきですが、姫様が認められたならば私からは言うことはありませんな」

杓子定規な考え方をする長も息子には甘い。叱り付けはせず、それどころか頬はわずかに緩んでいる。少しの間の後、長は一転表情を引き締めて周りの男達に厳しい視線を送った。

「では、今回のところはこれで終わりとする。甚太、お前はそのまま姫様の護衛を。他の者は各々の持ち場へ戻るように」

それに従いほとんどの者は白夜へ一礼をした後、社から出て行く。清正も一瞬こちらを睨め付けるが何も言わず長に従い、本殿には甚太だけが残された。

「今この場にいるのは貴方だけですか」

「は。皆、本殿から離れました」

人がいなくなり静けさを取り戻した社殿では白夜の声もよく響く。甚太が答えると、何やら御簾の向こうで音がした。影を見るにどうやら立ち上がったらしい。一度二度と辺りを見回すように首を振り、確認し終えれば御簾がはらりと揺れる。

「なら、もう大丈夫ですね」

言いながら一人の少女が姿を見せた。

腰まである艶やかな黒髪がなびく。少したれた瞳の端が幼さを醸し出す、細面の少女だった。社で長く生活をしているせいだろう。日に当たらない肌は白く、細身の体は触れれば壊れる白磁（はくじ）を思わせた。緋袴（ひばかま）に白の羽織、あしらい程度の金細工を身に付けた少女はゆっくりと歩き始める。

「姫様？」

呼びかけるも何も返さない。いったいどうしたのだろうか。疑問を投げかけるよりも早く彼女はこちらへ近付き目の前で立ち止まる。そして体を屈（かが）め、甚太の両の頬をつねった。

「ふぃめはま？」

数多（あまた）の鬼を葬ってきた剣士とは思えぬ間抜けな反応だった。とはいえ護衛対象であるいつきひめには逆らえずされるがまま。しばらく白夜はおもちゃのように頬をいじり、最後にぐっと引っ張ってようやく手を離した。

「ねぇ、甚太。何回も言ってるけど、なんでそんな喋り方なの？」

先程までの清廉とした巫女の姿はどこにもない。そこいらの娘となんら変わらぬ少女がそこにはいた。

「いえ、ですが。やはり立場というものが……それに姫様、今のはさすがによろしくないかと。その、巫女としてというより女子として」

「また姫様って言った。誰もいない時は昔の名で呼んでって言ったよね」

「ですが」

いつきひめは現在でこそ神性も薄れてきたが、古くは神と同一視された存在。巫女守とはいえ、決して気安く接していい相手ではない。しかし、それこそが不満だと白夜は言う。

「それは抵抗があるのは分かるけど、せめて二人だけの時くらいは名前を呼んで欲しいな。今はもう、そう呼んでくれるのは甚太だけなんだから」

反論しようとして白夜の表情に止められた。笑顔のままだというのに、隠した寂寞を抑えきれないのか瞳が揺らぐ。それは以前にも見た覚えがあって、だから向かい合うならば巫女守のままではいけないと思った。

「白雪」

使われなくなって久しい幼馴染の名を口にする。

一瞬呆け、しかしゆっくりと染み渡り、白夜は次第に顔をほころばせる。

「済まなかった、白雪。もう少し気遣うべきだった」

「ううん。私こそわがままを言ってごめんなさい」

抑揚のない淡々とした甚太の喋り方は素っ気なく聞こえるはずだろうが、白夜は満足そうに頷いている。

巫女守となって「俺」から「私」に変わり、口調も今のように堅苦しくなった。だが言葉遣いは変わっても、甚太は昔と変わらず彼女のわがままを当たり前のように受け入れる。それが嬉しかったようで、白夜は懐かしむように目を細めた。

「もう一回、呼んで?」

「白雪」

「……うん」

意味のないやりとりに、まとう空気が和らぐ。先程見た寂しげな色はなく、こぼれた笑みは郷愁に似た何かを帯びていた。

八年前、先代の巫女・夜風が命を落としたことにより、その娘である白雪はいつきひめを継ぎ、同時に宝刀「夜来」の管理者となった。彼女は習わしによりかつての名を捨てた。無邪気にはしゃいでいた幼馴染の白雪は、葛野の繁栄を祈るいつきひめとして、「白夜」として生きる道を選んだのだ。

「駄目だね。いつきひめになるって決めたくせに、いつまでも甚太に頼って」

「何を。私は巫女守だ。巫女守はいつきひめを守るものだろう」

「……うん、ありがとう」

はにかむ姿は懐かしい、あの頃の少女のままだ。白雪はいつきひめとなった。それでも幼かった日々は、白雪であった頃は彼女にとって捨てきれるものではないらしい。だからだろう、白夜は甚太と二人きりの時だけは「いつきひめ」ではなく「甚太の幼馴染」であろうとした。俗世から切り離されてしまった彼女にとって、かつての自分を知る者との会話は数少ない慰めだった。

「今回もご苦労様。いつも無理をさせちゃうね」

「あの程度の鬼ならば無理の内には入らない。元より私は」

「私は?」

「いや、なんでもない」

こぼれそうになった本音を途中で止める。さすがに「私は白夜を守るため巫女守になった」などとは、恥ずかし過ぎて口には出せない。だが、言葉にせずとも想いは伝わったらしい。

「もう、仕方ないなぁ甚太は。お姉ちゃんがいないと何にもできないんだから」

白夜は溢れんばかりの喜びを隠そうともせず、ぐしゃぐしゃと甚太の頭を撫でる。

「誰が姉だ。お前の方が年下だろう。あと、撫ですぎだ」

「一つしか違わないでしょ。それに私の方がしっかりしてるからお姉ちゃんなの」

「しっかりしている？　自分も巫女守になると言って親を困らせ、魚を捕まえようと川に入って溺れ……ああ、そう言えば鈴音と一緒になって『いらずの森』へ探索に行き、迷子になって泣いていたこともあったな。ほう、しっかりしているか」

「嫌なことばっかり覚えてるね……」

「この手の思い出はいくらでもあるからな」

触れる懐かしさに自然と目尻は下がる。遠い昔、まだ立場に縛られず甚太と白雪でいられた頃、二人は確かに幸せだった。辿り着いた現在を不幸と呼ぶつもりはないが、それでも時折には夢想する。

あの幼い日のまま変わらずにあれたなら。今もまだ甚太と白雪であったとすれば、二人はどうなっていたのだろうかと。

ふと思索に耽(ふけ)り、意味がないと気付き考えるのを止めた。白雪は己の意思でいつきひめとなった。甚太もまた、それを守ろうと巫女守になると決めた。ならば別の可能性を描くのは彼女の、そして自身の決意を汚すことだ。だからその答えは出ないままでいい。

「そういえば、今日はすずちゃんも来てるよ」

思考を現実に引き戻すも、一瞬何を言われたのか分からなかった。

白夜は思い出したように後ろを振り返り、御簾の方へ近付いていく。

「ちょっと待て。社殿は立ち入りが禁じられているはずだろう」

「本当に、どうやって入ったんだろうね。表には人もいるのに」

言いながら白夜は座敷へと戻り、こちらへと手招きしている。誘われるがままに足を踏み入れれば、まず目に入ったのは小さな祭壇だった。左右に榊立てを配置し、灯明を配しただけの簡素な造りをしている。その中心には一振りの刀が納められていた。

御神刀の夜来である。

鉄造りの鞘に収められた二尺八寸程の大刀は、千年の時を経ても朽ち果てぬ霊刀と言われている。信仰の対象という位置づけではあるが余計な装飾は一切なく、鉄鞘のせいで無骨な印象を受ける。だが、葛野の太刀の特徴は肉厚の刀身とこの鉄鞘であり、夜来の無骨さはマヒルさまの偶像としてはむしろ相応しいのかもしれない。安置された刀には、そう思わせるだけの厳かさがあった。

「ん……」

そんな厳かな空気をまとう御神刀を前に、そもそも先程まで集落の権威が集まっていたというのに、そんなものは知らぬとばかりに座敷の端で寝息も立てず熟睡している娘が一人いた。赤茶がかった髪の右目を包帯で押さえた六、七歳ばかりの少女が、実に気持ちよさそうな寝顔を見せている。

鈴音。かつて一緒に江戸を出た甚太の妹である。その寝顔はあまりにも穏やかで、思わず呆れ交じりの溜息が漏れる。

「……こいつは」

なんと言おう、よくぞ誰にも気付かれなかった。

本来いつきひめに直接対面することができるのは、集落の長と巫女守のみ。もしも誰かに見咎められれば「いつきひめに不敬を働いた」と、斬って捨てられても文句が言えない状況だ。この子の迂闊さには頭が痛くなってくる。

「そう言わないの。すずちゃん、甚太に会いに来たんだよ」

「私に？」

「二日もいなかったから、早く会いたかったんじゃないかな」

指摘されて少しだけ心を落ち着ける。此度の鬼切役で、二日程葛野を離れていた。かつてはいつきひめになる前の白雪と彼女の父親の元治とともに暮らしていたが、今は兄妹での二人暮らしだ。甚太が集落を離れている間、どうしても鈴音は一人で過ごすことになる。まだ幼いままの妹が、寂しいと思わないわけがなかった。

「すずちゃん、まだ小さいから甚太が家に帰ってくるまで、我慢しきれなかったんだと思う」

「しかし、掟は守らねばならん」

「私としては、こうやって気軽に来てくれる方が嬉しいんだけどなぁ」

無理と分かっていながら白夜がぼやく。

甚太と白雪と鈴音。幼い頃、三人はいつでも一緒だった。けれど懐かしい日々はもはや記憶の中にしか存在せず、今の彼女は社の中で一人だ。

自ら選んだ道だ。嘆くことはなく、白夜もやり直したいとは思っていないだろう。それでも覗き見た彼女の瞳は、処理しきれない感情にかすかに揺れていた。

「なんてね、冗談」

そう言ってぺろりと舌を出す彼女の様子は、聞かなかったことにしてほしいと言外に示していた。だから甚太は、誤魔化しきれなかった彼女の寂寞に気付かぬふりをした。

「そろそろ起こすか」

「うん、ありがとう」

噛みあわないようでぴたりと嵌ったやりとり。その距離感が心地よい。これ以上は引きずらないよう話題を終わらせ、甚太は屈んで鈴音の肩を掴み揺り起こした。

「鈴音、起きろ」

少し揺すると寝返りを打ちながら小さく呻く。眠りは浅かったらしく、それだけで十分に目が覚めたようだ。

「……ん。あっ、にいちゃんおはよう」

うっすらと瞼を開いた鈴音は、甚太の姿を見るとすぐさまふんわりとした笑みを咲かせた。甘えるように瞳を潤ませ、上目遣いのままのっそりと起き上がる。

「それと、お帰りなさい！」

お帰りという言葉がすぐ出る辺りに、たった二日でもこの子にとっては長かったのだと否応なく理解させられる。そんな態度で迎えられては、怒ることなどできそうもなかった。

「ああ、ただいま」

頭を撫でれば鈴音がくすぐったそうに身をよじった。無邪気な妹に、一時、ここが社であることも忘れる。普段ならば鉄のように硬い甚太の表情も和らいだ。

「甚太は、すずちゃんにだけは甘いよね」

「そんなつもりはないが」

「そう思ってるのは、多分自分だけだと思うよ。甘いのは昔からだし」

からかいを否定しながらも、しきれないところが辛い。お互い唯一の家族、自然と甘くなってしまうところはあると自覚している。

「いいことだとは思うけど、もう少し私にも優しくしてくれたらいいと思います」

「あぁ、なんだ。気を付けよう」

「それでよろしい」

おどけた調子で頷く白夜が妙に幼く見えて、自然と目尻が下がる。

今度は鈴音に向き直り、まっすぐに見据える。怒る気は失せたが、今後、社に忍び込むことのないようにちゃんと教えておかなければならない。

「さて、鈴音。何度も言っているが、ここはみだりに近付いてはいけない禁域だ。基本的に立ち入りが許される場所ではない」

「えっ、でも、にいちゃんだって来てるのに」

「それは巫女守のお役目だからだ」

「またまた、知ってるんだよ。にいちゃんが姫さまを……」

それ以上はいけないと、とっさに鈴音の口を塞ぐ。

危なかった。もう少し遅かったら致命的な発言が飛び出るところだった。

「ねえ、私がどうしたの？」

白夜は頬を染めて喜色満面といった様子でいる。隠したところでこちらの気持ちなど完全に筒抜けらしいが、だからといって改めて口にするのはさすがに気恥ずかしい。

「いや、なんでもない」

顔が熱い。その時点で内心など透けているが、せめてもの強がりに憮然（ぶぜん）と返す。それがおかしかったようで、白夜は堪（こら）え切れず吹き出した。

「もう、仕方ないなぁ甚太は」

「にいちゃんは照れ屋だね」

「ほんとだね」

いつの間に結託したのか、白夜と鈴音は顔を見合わせてくすくすと笑っている。叱ろうと思ったはずが何故かからかわれる立場になっていた。恥ずかしさに一度咳払いし、どうにか説教を続ける。

「ともかく以後は気を付けるように。これはお前のためでもあるんだ」

「はい！」

返事はいいのだが、果たしてどれだけ効果があったのかは分からない。多分いけないと分かっていても、すぐに来てしまうのだろう。その様がありありと想像できる。

内心が顔に出ていたのか、やはり白夜は面白そうにしていた。

「お兄ちゃんは大変だね」

ああ、全くままならぬものだ。苦笑を落とし、しかしそれも悪くないと甚太は小さく息を吐いた。

社殿には、本来あるべきではない明るさが満ちていた。白夜と鈴音のやり取りを眺めれば、甚太の顔付きも自然と柔らかくなる。まるで幼い頃に戻ったような温かい景色だった。

なのに言い様のない寂寞が胸を過る。今はこうやって笑い合っているが、いつきひめとなった白夜が外に出て年頃の娘のように振る舞うことは許されない。神聖なものは神聖なものであらねばならず、社に閉じ込められ只人ではいられなくなった少女。その孤独はいったいどれほどのものだろうか。

想像しようとして一太刀の下に思考を斬って捨てる。憐れみはしない、してはいけない。白夜は、白雪は、葛野の民を守るために自らその道を選んだ。

──おかあさんの守った葛野が好きだから。
私が礎になれるなら、それでいいって思えたんだ。

儚げで力強いいつかの誓いを覚えている。それを美しいと感じ、だからこそ守りたいと願った。ならば憐れんでいいはずがない。安易な憐憫は彼女の決意を、その地続きである今を軽んずるに等しい。だが、せめて心安らかであって欲しいとも思う。

巫女守になった理由を今さらながらに噛み締める。他がために己が幸福を捨てた幼馴染の幼くも気高い決意を守るためだ。彼女が描く景色を尊いと信じたからこそ、刀を振るうと決めたのだ。

「……にいちゃん、姫さま。そろそろ帰るね」

甚太の横顔を見る鈴音の声が、何故か少しだけ陰った。

「もう？　せっかくだから、もう少しいればいいのに」

「ううん。見つかったら大変だし。にいちゃんにも会えたから」

　穏やかに目尻を下げる様は、あどけない外見とは裏腹に落ち着いている。かと思えば破顔して無邪気さを振りまく。

「じゃあね、にいちゃん。早く帰ってきてね！」

「いや、一人で行って見つかっては」

「ちゃんと抜け道を使ってきたから大丈夫！　姫さまも、またね」

　右目の包帯を直し、鈴音は小走りで出口へと向かう。どうやら社には、あの娘しか知らない抜け道があるらしい。誰にも見つからず座敷へ辿り着けた理由はそれか。甚太は少しばかり安心して小さな背中を見送る。

　鈴音は最後に一度だけ振り返ると大きく手を振って、そのまま社殿から出て行った。

「気を遣わせたか」

　鈴音のやり様はあからさまだった。大方、白夜と二人きりになれるようにというあの子なりの配慮だろう。幼いままの妹にまで胸の内は筒抜け、そのうえ気を遣わせてしまうとは我ながら情けない。

「はぁ……ほんと、すずちゃんはいい子だねぇ」

　しみじみと、感心したように白夜は息を漏らした。それについては同感だが褒めきれないところもある。

「私としては、もう少しわがままになって欲しい」

「いい子過ぎるのも心配？」

「あいつは自分を抑え過ぎるからな」

その出自ゆえにか、鈴音は普段から周りに対して引け目のようなものを感じている。だからだろう。鈴音は甚太と白夜以外の人間とは上手く話せず、特別な用事がない限りほとんど家の中で過ごしていた。そういう現状が、兄としては気がかりでならない。

「掟だから叱りはしたが、できるなら社に遊びに来るくらいは認めてやりたい。そちらの方が鈴音のためだ」

甚太はいずれ鈴音よりも早く死ぬ。そうなれば、あの娘は一人になってしまう。それを考えれば自ら外へ出てくるのはむしろ好ましいが、掟に背いている以上、肯定はしてやれない。正直、複雑な気分ではあった。

「結構、考えてるんだね。なんていうか、少し意外」

「兄だからな。妹の幸せを願うのは当たり前だろう」

「ふふっ、そっか。ほんと、お兄ちゃんは大変だ」

年上ぶるのはいつもだが、慈しむような優しい響きはそれこそ姉のようだ。なんとなくこそばゆくてふいと視線を逃がす。そんな照れ隠しも見抜かれていて、白夜は楽しげに笑っていた。

　目の端に涙を溜めるくらいひとしきり笑うと、白夜がようやく落ち着きを取り戻した。そのまま二人は、ゆったりとしばらく雑談に興じる。けれど、すぐに和やかさを遮るような、板張りの床が軋む音が聞こえてきた。

「静かに。人が来た」

　先程の気安さは一瞬で消え去った。白夜は慌てた様子で居住まいを正し、甚太も板張りの間へ戻って襟を正す。社には静寂が戻り、幼馴染だった二人はいつきひめと巫女守になった。しばらくすると本殿の外、高床の廊下から声がかけられた。

「姫様、少しよろしいですか」

　先程帰ったはずの長だ。

　助かった、もう少し鈴音を帰すのが遅ければ鉢合わせになっていた。すんでのところで最悪の事態は回避できたようだ。

「何かありましたか？」

　冷静で威厳を感じさせる白夜の態度には先程まで戯れていた幼馴染の姿はなく、ただ一個の火女がそこにはあった。

「いえ、以前の件を少し煮詰めたいと思いましてな」

「……そう、ですか」

御簾の向こうで白夜が固くなったのが分かる。以前の件が何かは分からないが、あまり楽しい話題ではないのだろう。

「失礼いたします」

返答も聞かずに長は本殿へと踏み入ってくる。最低限の礼節を忘れる程に重要な話なのか、長にしては珍しい不作法だ。その重さはこちらを一瞥する目の鋭さからも感じ取れた。

「甚太、少しの間、外へ出ていてくれんか」

「ですが、私は巫女守。鬼切役を承っているならともかく、平時に離れることは」

白夜のまとう雰囲気に傍を離れるのは躊躇われる。精一杯の抵抗を試みるが、否定は予想外のところから出てきた。

「甚太、貴方は下がりなさい」

声は冷たい。いや、冷たく聞こえるよう意識した硬質な物言いだ。彼女との付き合いは長いから分かる。今から行われる話は聞かれたくない類のものだ。それも白夜ではなく白雪にとって、である。

「……御意。ならば、私は社の外で控えます」

「ええ」

短い返答を受けて一礼、背を向け本殿の外へと向かう。止めるものは、この場にはいない。

　白雪ならば「ごめんね」とでも付け加えただろう。しかし、白夜は謝らない。神と繋がる火女が俗人に謝罪すれば、その神聖さを貶めることに繋がる。だから内心がどうであったとしても、白夜は甚太を自分よりも下位の存在として扱わねばならない。彼女がいつきひめである以上、幼馴染であってはならないのだ。

「甚太」

　呼び止められて振り返る。御簾の向こうにいる彼女が、どのような顔をしているのかは分からない。声音にも抑揚はなく、そこから感情を読み取ることはできなかった。

「葛野を、これからも頼みます」

　こぼれ落ちたのは幼馴染の白雪ではなく、いつきひめたる白夜の願い。同時に「頼む」という言葉は、彼女に許された精一杯の謝罪だ。ならば幼馴染ではなく巫女守として返さねばならない。

「は。巫女守として為すべきを為しましょう」

　御簾までは約三間。だというのに、たったそれだけの距離がやけに遠く感じられる。表情を鉄のように硬くし、努めて平静を装い再び歩みを進める。

　踏み締めた床がぎしりと鳴った。

　その音に、冷たい社殿はさらに冷え込んだような気がした。

2

いつきひめへの報告を終えて二日ぶりに家へ帰り、一夜が明けた。

社のある高台の下、それほど遠くない場所に甚太の家はある。藁を敷き詰めた屋根に、周囲には土壁と杉の皮を張った昔ながらの造りの家だ。玄関兼台所の土間と、いろりのある板の間と畳敷きの座敷が二つある。さほど大きいというわけでもないが、妹と二人で住むには十分すぎる。この家は巫女守となった十五の時、正式に与えられたもの。かつては元治や白雪と共に暮らした場所だ。

「鈴音、もう朝だぞ」

すうすうと寝息を立てる鈴音を揺さぶる。しかし目を覚ますどころか、寝足りないとますます体を丸めてしまう。

幼げな仕種に心が温まった。二人暮らしをするようになって随分経つが、寝起きの良くない妹を起こすのは日課であり一種の道楽になりつつあった。

まだ起きようとしない鈴音を眺めながら、ふと昔のことを思い出す。

甚太と鈴音が生まれたのは江戸のそれなりに裕福な商家で、幼い頃は何不自由のない生活をしていた。母は妹を産んだ時に死んだらしい。以降は、父が男手一つで生活を支えてきた。商売で忙しいだろうに、時折好物の磯辺餅を焼いてくれて遊びにも連れて行ってくれる。仕事に関しては真面目で厳しいが、甚太にとっては優しい父だった。そんな父親に感謝して慕ってもいたが、どうしても我慢ならないことが一つだけあった。

父は、妹の鈴音には風当たりが強かった。

——これは私の娘などではない。

嫌うどころか憎しみと呼べるほどの悪意を向け、虐待していたのである。

幼心に甚太は、父は妹が生まれたから母が死んだと思っているのだろうと考えた。だから責めはしなかった。代わりに、少しでも妹が安らかに過ごせるよう心を砕いた。

鈴音は、唯一自分に優しくしてくれる兄に大層懐いた。父はそんな甚太を戒めたが、それでも止める気は起きなかった。妹がさらなる虐待を受けないように、いつも鈴音の傍にいた。

甚太は妹も父も好きだった。子供ながら必死に家族の形を守ろうとしたのだ。

もっとも、その努力も意味はなかったが。

——あの化け物ならば、もう戻ってくることはない。

嫌悪に満ちた目は、普段の厳めしくも優しい表情からは程遠い。あの遠い雨の夜、父はいとも容易く鈴音を捨てた。殴り、蹴飛ばし、暴言をぶつけて。最後まであの人は、鈴音を娘とは認めなかった。父を慕っていたのは事実だがその所業を受け入れられず、甚太も鈴音を追いかけて家を出た。雨に濡れて行く当てもなく立ち尽くす妹の姿に、傍にいてやりたいと思った。

こうして兄妹は生まれ故郷を捨てて葛野の集落へ流れついた。

それが十三年も前の話である。

「まだ眠い……」

当時に比べれば、ここでの暮らしは穏やかなものだ。体を揺すっても起きようとしない鈴音に、それが許される現状に小さく笑みがこぼれる。ほとんど衝動的に江戸を離れたが、葛野に移り住んだのはこの子にとっては幸いだった。

ただ、安眠に浸り切る妹の姿を見ていると、ほんのわずかな不安を覚えもする。

「お前は、変わらないな」

手櫛(てぐし)で赤茶がかった髪を梳(す)きながら、思い出の中の姿と寝ている今の姿を見比べる。この娘は葛野へ移り住んでから、ほとんど変わっていない。ここで十三年の月日が経ったのにもかかわらず、容姿は七歳程で止まったままだ。あの頃からわずかしか成長していない。相変わらず幼い妹のままで鈴音は眠っていた。

「いい加減起きないか」

「ん、おはよう……にいちゃん」

強く揺さ振るとようやく目を開き、ゆっくりと体を起こす。しかし、まだ完全に目が覚めたわけではないらしく頭はゆらゆらと揺れていた。

「起きたなら顔を洗え。食事は用意してある」

「はい……」

　額を人差し指でぴんと弾くと、鈴音が頭をふらつかせながらも布団から抜け出てのたのたと土間へ向かう。思わず甚太の口から温かな息がこぼれた。

　いつも通りの朝だった。


「にいちゃん、今日はゆっくりだね」

「ああ。社（やしろ）に向かうのは昼頃でいいそうだ」

「そうなの？　へへ、やった」

　麦飯と漬物だけの質素な朝食を終え、出かける準備を整える。

　朝方、社の使いが訪れ、今日はいつもの時間ではなく日が真上になる頃に来ればいいと通達があった。おかげで大分のんびりとした朝の時間を過ごしている。

　それが嬉しいのだろう、鈴音は甚太の膝に乗って甘えるように背を預けていた。その様がことさら愛おしい。時折、目の前にある赤茶がかった髪を撫で、上機嫌な幼い妹をただじっと眺める。

「うん？　なにかついてる？」

頬を緩ませた鈴音がこちらを振り返る。しっかりと巻いていなかったのか、右目を隠す包帯が少しばかり緩んでいた。

「包帯、ずれているぞ」

「あ……」

指摘されて慌てて包帯を直す。この子は、江戸にいた頃から右目を隠している。当時は気付きもしなかったが、遠い雨の夜に甚太はようやくその意味を理解した。

今でも忘れることはない。

——ううん。にいちゃんがいてくれるなら、それでいいの。

降りしきる雨の中、父に捨てられてどこにも行けず立ち尽くす幼い妹は、耐えがたい痛苦の中でも微笑みを向けてくれた。

けれど濡れて重くなりずり下がった包帯に、虐待の理由を知る。

あの時、甚太は確かに見たのだ。

鈴音の右目は赤かった。

「これで大丈夫？」

「ああ」

包帯を整えた鈴音が、不安そうに甚太を見上げる。赤眼は鬼の証。そのせいで父に疎(うと)んじられていたのだと知った彼女は、決して他人に赤い右目を見せず、江戸を離れてからも隠し続けていた。とはいえ、今はそこまでする意味もないのだが。

　甚太達が葛野の地に住み着いて長い年月が過ぎた。しかし、鈴音はいまだ六、七歳の幼子にしか見えない。それに加えて隠した右目。これだけの要素があれば、誰もが答えに辿り着けるだろう。だが、葛野の民は誰一人としてそのことに触れようとはしなかった。長も決して好意的ではないが、鈴音の秘密を敢えて問い質しはしない。清正でさえ、なじるような言葉は口にしなかった。

「私達は幸せだな」

　今では故郷と呼べる場所になった葛野だが、流れ者である甚太を、鬼の血を引く鈴音をこの集落は受け入れてくれた。ここへ連れて来てくれた元治、そして迎え入れてくれた夜風には感謝してもしきれない。

「すずはにいちゃんがいるなら、いつだって幸せだよ」

　赤茶がかった髪が揺れている。まっすぐ過ぎる好意に嘘はない。しかし、ふと重なったいたいけな瞳は、兄の心の奥を密かに探っているようだった。

「でも、きっとにいちゃんは、姫さまと一緒の方が嬉しいんだよね」

「む」

　答え難い問いだ。どう返そうかと一瞬悩むが、鈴音の方がすぐに続ける。

「やっぱりにいちゃんは、姫さまと結ばれたい？」

「いいや」

今度は迷いなくきっぱりと否定する。それは立場を気にしてではなく素直な気持ちだった。

「それって、姫さまが姫さまだから?」

「そうではない。今さら隠しても仕方ないな。私は白雪を好いている。だが、あいつと夫婦になりたいと望んでいるわけではないんだ」

「好きなのに?」

「だからこそ、だな」

煙に巻かれたような気分なのか、鈴音が不満そうに頬を膨らませる。そんな妹がことさら幼く見えて、甚太は窘(たしな)めるように頭を撫でた。

「私は白雪を好いている。だがそれ以上に、白夜を尊いと思う。そういうことだ」

「分かんないよ。だって、好きな人とはずっと一緒にいたいって思うもん」

「そうだな。だが私には、それが上手くできないんだ」

「にいちゃんは、姫さまが好きなんだよね?」

「ああ。我ながら、ままならない」

噛み合わない会話は、ずれて途切れた。しばらく無言の時が続き、小さく肩を震わせた鈴音が縋(すが)りつくように擦り寄る。甘えているのではなく怯えているのだ。

この娘は何をそんなに怖がっているのだろう。それが甚太には分からなかった。

温もりを感じるくらい触れ合える距離なのに、鈴音が迷子のように見える。

「にいちゃん」


砂鉄と炭を同時に火にかけると、砂鉄は燃え上がる炭の隙間を落下する間に鉄へと変化する。この時に使用する炭のことを俗に「たたら炭」と呼び、楢や椚を完全に炭化しないよう焼いたものを使うのが一般的であった。これは製鉄の工程において重要な要素であるため、葛野の地でも定期的にたたら炭作りが行われている。

その時期には住居の立ち並ぶ区域から見えるほどに煙が朦々と立ち込め、同時に鉄を加工する鍛冶師達の奏でる槌の音と混ざり合い、葛野は得も言われぬ雰囲気に包まれる。製鉄には携わらない甚太であるが、騒々しい集落の様子は気に入っていた。

立ち上る煙を横目に見ながら、愛刀を腰に差し社へと向かう。

そろそろ日が真上に来る。時間としてはちょうどいいだろう。

遠くからは、かぁん、と何度も鉄を打つ音が響いている。それを心地よく感じながら歩いていたのだが、道の途中で嫌な顔と出くわした。

「よう、甚太じゃねえか」

清正は相変わらず不愉快なにやけ面だ。右手に持った包みをぶらぶらと揺らしながら、小馬鹿にしたような態度で絡んできた。

「今から白夜のところか？　ああ、朝はお前だけ呼ばれなかったみたいだしな」

「清正、せめて社の外では言動に気を配れ。姫様が軽んじられる」

どこに人目があるか分からない。自分のことはいったん棚に上げて窘めるも、当の相手はどこ吹く風だ。

「いいんだよ、別に。本人がそう呼べって言ったんだからな」

睨みつけても怯まず、にたにたとしている。随分と機嫌が良さそうだが、機嫌が良かろうが悪かろうが鬱陶しいことには変わりない。

「どういうことだ」

「おぉ怖い怖い、そんなんじゃ女子に好かれねぇぜ」

この男は、初めて会った時からこちらを見下した振る舞いだった。理由は分からないが、あからさまな敵意を向けられることもあった。正直に言えば付き合いたくない手合いである。

「用がないならもう行くが」

巫女守という立場故に冷静さを演じてはいるが、元々甚太は沸点が低い。表情こそ取り繕っているものの内心かなり苛立っていた。

「っと、忘れるところだった。ほらよ」

こちらに向けて清正が包みを投げ渡す。意味が分からず甚太は訝しむ。

「なんだこれは」

「饅頭だよ、行商が来てたから買っといた」

思わず思考が止まった。

何故、この男が自分に饅頭など渡すのだろうか。脈絡のなさに本気で頭を悩ませる。それに気付いたのか、清正が顔を歪めて付け加えた。

「お前にじゃねえ、鈴音ちゃんにだ。あの娘はほとんど外に出ねぇからな」

その発言もまた意外だ。友人同士でもあるまいに、妹を気遣われる理由がない。裏を読もうとじっと観察していると、ふいと清正が視線を逸らす。

「鈴音ちゃんだって、たまにゃ甘いもんでも食べてぇだろ」

ぶっきらぼうだが、他意はないように見える。どうやら純粋に鈴音のためらしい。思ってもみなかった行動に動揺を隠せないが、とにかく頭を下げる。言いたくはないが礼を返さないわけにもいかない。

「すまん、感謝する」

「ちっ、お前からの礼なんて虫唾が走る。そんなもんいらねぇからちゃんと渡せ」

「ああ、そうさせてもらおう。だが、何故お前が鈴音を気遣う？」

そもそも二人の間に交流などまるでない。彼の意図を探りたかった。

「そりゃ、似た者同士だからな、俺もあの娘も。だから苦しみも分かるさ。俺は鈴音ちゃんほど強くなれねーけどよ」

明確な答えは返さず、意味の分からない言葉を吐き捨てて清正は横を通り過ぎていった。残ったのは預けられた饅頭だけ。離れていく背中は力がなく、どこか悲しそうにも見えた。


「おお、来たか」

社殿に顔を出した瞬間、長が安堵したように息を漏らした。他にも集落の権威たちが揃って顔を突き合わせている。いったい何事かと不思議に思いながらも、まずは御簾(みす)の前でひざまずき白夜へと礼をとる。

「巫女守、甚太。参じました」

「貴方を待っていました」

御簾越しでは表情は見えない。しかし硬い響きに白夜の緊張が伝わってくる。不穏な空気から、なにやら逼迫(ひっぱく)した状況なのだと察した。

「本来ならば、このまま社の守を務めてもらうはずだったのですが」

白雪が濁した先を長が継いで説明する。

「そういう訳にもいかなくなった。つい先刻、集落の娘から聞いた話だ。『いらずの森』へ薬草を採りに行った時、かすかながら木陰に蠢く二つの影を見たそうだ。その影のうちの一つは、とてもではないが人とは思えぬような体つきだったらしい」

二つの影。成程、そういう話かと甚太は表情を引き締める。そもそも巫女守がいつきひめの護衛よりも優先しなければならない事態など多くはない。山間の集落において怪異は実存の脅威。それを祓うために巫女守はあるのだ。

「護衛は清正を呼び戻します」

「では」

「ええ、鬼切役です。甚太よ、貴方はいらずの森へ行き異形の正体を探りなさい。そして、それが葛野に仇なすものならば討つのです」

背筋が伸びる。

与えられた命を自身の内に刻み込めば、自然眼光は鋭く変わった。答えなど初めから決まっている。甚太は静かに、けれど力強く白夜に応えた。

「御意。鬼切役、ここに承りました」

いらずの森は葛野を囲うように広がる森林、特に社の北側一帯を指す俗称である。

鬱蒼と生い茂る草木の中には山菜や煎じれば薬となる草花もあるため、集落の女が踏み入っては籠いっぱいの野草を持って出てくることも珍しくない。名前から受ける印象とは裏腹にこの森は葛野の民にとって生活の一部と言っていいほど近しいもので、いったいどのような謂れをもっていらずの森と呼ばれているのか、それを知る者はほとんどいない。説話ではマヒルさまは元々この森に棲んでいた狐だったとも言われているが、事実かどうかは定かでない。

結局のところいらずの森は、葛野の民にしてみれば山菜や野草の採れる場所以上の意味はなかった。

「じ、甚太様、こっちですっ！」

異形の影を見たという娘、ちとせに案内されて森へ足を踏み入れる。顔を顰めてしまうほどに濃い緑の匂いは近付く夏のせいだろうか。青々と茂る森は、そこだけが切り取られてしまったかのような錯覚を覚える。

「随分と深くまで来たな」

ちとせは白雪よりもいくらか年下だが、それでもたたら場の女。体力はあるらしく、かなりの距離を進んで森の奥まで来たが息は少しも乱れていない。変わらぬ足取りで獣道をひょいひょいと歩いていく。

「この辺りは繁縷がよく採れるん……ますので」

繁縷は小さな花だが、煎じれば胃腸薬となる。薬売りなど滅多に来ない山間の集落では、自生する薬草を定期的に収穫するのは必須であり、大抵の場合それは女の仕事だった。

「今日の朝、です。ここに繁縷を採りに来たら甚太に……様よりもひと回りはおっきい影が見えて、それで、その……」

緊張のせいか、まだ年若い娘であることを差し引いても説明は要領を得ない。それよりも気になるのは彼女の口調だ。

「ちとせ……別に様はいらんし、話しにくいなら普通でいい」

「いえっ、巫女守様にそんな無礼は」

少女の態度に思わず溜息を吐く。巫女守は本来いつきひめの護衛だが、巫女に関わらぬ者達にとってはそれ以上に集落の守り人である。そのため長や集落の権威達はともかくとして、住人のほとんどは葛野の守護者たる巫女守に敬意をもって接する。分かっているが、ちとせの様付けはどうにも違和感があった。

「『甚太にい』で構わんのだがな」

「そ、それは……」

にやりと口角を吊り上げれば、ちとせの頬が真っ赤に染まる。今でこそ様付けで呼んでいるが、以前のちとせは甚太のことを「甚太にい」と呼んでいた。

彼女は、いつも周囲に引け目を感じていた鈴音の初めての友達だった。その縁で甚太とも知り合い、幼い頃はそれなりに親しくしていた。鈴音は初めてできた友達に大層喜び、一時期は甚太達といるよりもちとせと遊ぶことを優先していたこともあった。二人で辺りを走り回っていた、その姿を今でも覚えている。少しだけ寂しさを感じながらも、甚太はそんな妹を微笑ましく思っていた。

「こうやって話すのも久しぶりだ」

「……はい」

「元気でやっていたか」

「はい。それだけが取り柄、ですから」

けれど、いつの頃からか二人は一緒に遊ばなくなってしまった。

何故だったろう。思索を巡らせてすぐに思い至り眉をひそめる。

——鈴音ちゃんは小っちゃいね。

ああ、そうだった。

段々と成長するちとせと、変わらずに幼子であり続ける鈴音。見せつけられた、鬼の血を引いているという事実。初めてできた友達を失いたくなかった鈴音は、自分から離れてしまったのだ。

「嫌われたということか」

機嫌が悪いと思われないよう冗談めかしてそう言えば、慌てたちとせが食って掛かる。

「そんなわけなっ……ありま、せん。でも……」

勢いは最初だけ、すぐ尻すぼみになり口ごもってしまう。やはり、以前のように話すことは難しいらしい。

ちとせと鈴音が疎遠になり、自然と甚太とも話す機会はなくなった。それから長い年月が過ぎた今、ちとせにとって甚太は「甚太にい」である以上に「巫女守様」なのだ。彼女の畏まった態度に、今さらながら白夜の気持ちが分かる。

「成程、それまでの自分ではないというのは、中々に窮屈なものだ」

「え？」

「いや、独り言だ。案内はここまででいい」

左手を愛刀に添え、親指で鍔に触れる。静かに息を吐き周囲に意識を飛ばす。森の中に音はない。虫の音どころか葉擦れさえ聞こえぬ、全くの無音となっていた。

「大丈夫……ですか？」

「ああ。お前は暗くなる前に帰れ」

「分かりました。それでは失礼します」

甚太の雰囲気が変わったのを察したのか単に言われたからなのか、ちとせが素直に集落の方へと向かう。だが、二歩三歩踏み出したところで足を止めた。

「どうした」

彼女は振り返り遠慮がちにおずおずと口を開いた。

「あの、鈴音ちゃん、元気？」

懐かしい景色が目の前にある。それは、まだ幼かった〝ちとせ〟からの問いだった。だから、返すのは〝甚太〟でないといけない。

「元気だよ。相変わらず寝坊ばかりだけど」

その態度が意外だったのか、ちとせは驚きに目を見開き歳よりもさらに幼く見える満面の笑みを浮かべた。

「ありがとうございますっ、それじゃ今度こそ失礼、しますね！」

「気を付けてな」

「はいっ、甚太に……様もお気を付けて！」

元気よく手を振りながら走り去っていく姿に口元が緩んだ。ちとせの後ろ姿が、遠い昔、「甚太にい」と自分を慕ってくれた頃の彼女を思い起こさせる。だから嬉しく……その傍らに誰もいないことがほんの少しだけ悲しかった。

甚太と白雪、そして鈴音の三人はいつも一緒にいた。改めて振り返ってみれば、鈴音が甚太達の傍を離れようとしなくなったのはちとせと疎遠になってからだ。あの幼い妹は、初めての友達と離れていったい何を思ったのだろう。

寂しさ。孤独感。

言葉にすれば簡単だが、鈴音が抱えているそれは想像以上に根が深いのかもしれない。

「情けないな、私は」

遠い雨の夜から歳月を経て、少しくらいは強くなった。だというのに、何一つ救えぬ己の無様さに辟易する。

随分と昔、元治さんは「変わらないものなんてない」と言っていた。しかし、今ここにいるのはあの頃から少しも変わらない自分だ。いつだって、守りたいものをこそ守れない。考えは際限なく沈み込んでいくが、今は感傷に浸っている場合ではない。

頭を振り余計な考えを追い出す。

ふと見上げれば、生い茂る初夏の若々しい葉が空を隠している。わずかに差している木漏れ日がやけに眩しく映り、濃い樹木の香りに胸が詰まる。

音は相変わらずなかった。

虫の声も、葉擦れさえ聞こえない静かの森。場所は変わっていないのに、まるで異界へ迷い込んでしまったような錯覚を覚える。

違和感に自然と親指は鯉口を切っていた。

突如、空気が唸る。静寂の森に音が戻ったかと思えば七尺を超える巨躯が姿を現し、上から下へ叩き付けるように拳を振り下ろしていた。

だが、大した動揺はない。甚太は無表情のまま後ろへ大きく飛ぶ。

どごん、と鈍い音に地が揺れた。ただの一撃が地震に近い振動を起こす。見れば先程まで立っていた場所は、見事に陥没していた。

土煙が上がるなか、襲撃者は膝を突いてまじまじと地面を眺めている。

『不意を打ったつもりだったのだがな』

土煙が晴れると、拳をゆっくりと引いておもむろに立ち上がる。

赤黒い皮膚とざんばら髪に二本の角。筋骨隆々とした体躯（たいく）は、四肢（しし）を持ちながらも人では辿り着けぬ異形と呼ぶに相応しい規格外の代物だ。そして、瞳は赤い。

そこには屈強な鬼が悠然と佇んでいた。

「昼間からご苦労なことだ」

鬼のあまりにも分かり易い容貌に、こんな状況でもかすかに笑みがこぼれた。しかしそれも一瞬、直ぐに鋭く睨（ね）め付ける。

『成程、あやかしが動くのは夜だと相場が決まっている。が、別に夜しか動けんわけではない。有象無象どもならばともかく、高位の鬼は昼夜を問わず動く者がほとんどだ』

「つまり、自分は高位の存在だと？　鬼にも特権意識があるとは驚きだ」

鼻で嗤（わら）いながら視線は逸らさず敵の一挙手一投足に注意を払う。

向こうも戦い慣れているのだろう。無造作に見えて甚太を警戒し、間合いを一定に保っていた。

『鬼探しにおなごを連れてくる貴様よりはまともだろう』

小さく舌を打つ。どうやら随分前から見られていたようだ。

「見ていたならば、その時に襲えばいいものを」

ちとせと共にいる瞬間を狙われていれば、ああも上手く避けられはしなかった。何故鬼はわざわざ好機をふいにしたのか。素朴な疑問に対して鬼は不快そうに顔を顰(しか)めた。

『趣味ではない』

こちらの様子を覗き見ていたのは、何か腹があってではないらしい。馬鹿にするなとでも言いたげに歪む表情。鬼の反応は実に理性的で、真っ当な怒りを感じさせるものだった。

不意打ちはしても女を狙うような真似はしない、ということか。鬼は千年近い寿命を持ち生まれながらにして人よりも強い。脆弱(ぜいじゃく)な人の放つ侮(あなど)りが、この鬼の矜持(きょうじ)に傷をつけたのかもしれない。

「さて、鬼よ。ここから先は我らが領地だ。立ち去れ」

言葉を交わしながらも構えは解かず、わずかに腰を落とす。呼応するように鬼が拳を握りしめた。

『聞くと思うのか？』

「いいや」

鬼が甚太の背後、その先の景色を見遣る。

やはり、鬼は葛野へと向かっていたらしい。

「聞かなくても別に構わん。今この場で斬り伏せれば同じことだ」

一歩を進み抜刀、右足を引き剣先を後ろに回して脇構えをとる。

元から話し合いで済むとは思っていない。鬼は何かしらの目的をもって葛野へ侵入しようとした。ならば口で言ったところで止まるわけがないし、こちらはそれを見逃せない。衝突は自明の理だった。

『そちらの方が俺の好みだ』

木々の生い茂る森の中だが幸いにもこの辺りは多少開けているため、動きが制限されることもない。眼光鋭く見据えれば、対峙する鬼も既に構えている。

お互い軽口はここまで。

合図もなく甚太は左足で地を蹴り距離を詰める。流れるように上段へ。勢いを殺さぬままに跳躍、峰が背中に付くほどに振り上げて全力を持って脳天に叩き落とす。

対人の術理としては下の下。飛び上がっての大振りなど殺してくれと言わんばかりだ。しかし、固い表皮を持つ鬼は生半な刀では傷一つ付かず、小手先の剣術では打倒できない。鬼を討つには、一太刀一太刀が必殺でなければ意味がない。それ故の一刀だった。

敵が静かに息を吐いた。腕を交差し、真っ向から受けて立つつもりらしい。

舐めるな。己が振るうは葛野の業をもって練り上げた太刀。生半な武器では通さぬ鬼の皮膚さえ裂くぞ。

揺らぎない絶対の自信に気付いたのか、鬼が防御の体勢を途中で解き後ろに下がる。遅い。切っ先、わずかに一寸ながら太刀は鬼を捉え、胸板に傷を負わせた。刀傷から流れる血は赤い。鬼の血も赤いとは何の冗談だろうか。

『……なかなかにやる』

大した痛みは感じていないらしい。斬られておきながら、愉快だとでも言わんばかりだ。その余裕が気に食わない。

さらに詰め寄るが、阻むように拳が繰り出される。体の動かし方など知らぬ児戯、迫り来る甚太に向けてただ突き出しただけのものだ。だとしても侮ることはできない。相手は鬼、そもそも人とは膂力が違う。術理など一切を無視した力任せの拳さえ致死の一撃となる。

踏み込んだ右足を軸にして上体を揺らし、突き出された鬼の右腕を掻い潜る。避けた先は伸び切って動かなくなった腕の外側。刀を返しもう一度横薙ぎ、ただし今度は逆からの剣閃だ。畳んだ腕では力が乗り切らないから不足分は腰の回転で補う。伸び切った腕の下を平行に白刃は流れ、狙うは右腕の付け根。この一撃で腕の自由を奪う。

『させないわよ』

突如、女の姿が目の端に映る。甚太は体を無理に引っこ抜き左方へと流した。当然、白刃は鬼の体から離れ、狙った場所を斬り裂くことは叶わなかった。

嘆いてばかりもいられない。すぐさま体勢を立て直し、大きく後ろに下がり距離を取った。勿論、こんな行動を取ったことには理由がある。

『危なかったわね』

いつの間にか三又の槍を構えた着物姿の女が現れ、突進する甚太の顔を目掛けて刺突を繰り出していたのだ。避けるためには、軌道を無理矢理変えるしかなかった。

「二匹目、か」

女の肌は青白く、その瞳はやはり赤い。

軽い舌打ち。初めに「二つの影を見た」と聞いていたが現れた鬼は一匹。ならば、もう片方がどこかに潜んでいると想定してしかるべきだった。周囲への警戒を怠りせっかくの好機をふいにしたのは己の未熟ゆえだ。自身の迂闊さに腹が立つ。

結局、今の攻防で手傷を負わせることは叶わず鬼達は悠々と立ち並んでいた。

『助かった……ということにしておこう。しかしあの動き。あれは本当に人か？』

どうやら鬼達はそれなりに親しい仲らしい。傍目には友人か何かのように見える。

『さあ？　でも、あの男の子は……確か、鈴音ちゃんだっけ？　あたし達の同朋と長く一緒にいたみたいだし、案外あやかしに近付いているのかもね』

耳障りな声に血が逆流した。鬼どもの不愉快な会話を遮り、甚太は乱暴に吐き捨てる。

「そうか。ならば死んでおけ」

　何故鈴音を知っているなどとは疑問にさえ思わなかった。言い切るよりも早く踏み込み、濃密な殺意を持って剣撃を繰り出す。だが、鬼女の首を狙ったその一刀はあまりにも無様な大振りだった。

『ふん』

　当然その剣は、間に割り込んだもう一方の鬼によっていとも容易く防がれる。羽虫でも払う様に腕が振るわれると、それだけで刀は軌道を変えた。

　甚太は奥歯を強く噛んだ。あの鬼女を斬り殺せなかった。苛立ちが募ったがそこで冷静さを失っている自分に気付き、もう一度間合いを離す。激情に飲み込まれぬよう深く呼吸をしても、落ち着きはまだ戻らない。視線は知らず憎々しい鬼女を捉えていた。

「鈴音が貴様らの同朋だと？　取り消せ。あの娘は私の妹だ」

『おお怖い。私達よりも鬼らしいいんじゃない？　でも、妹想いってところは評価できるわ』

　鬼女は平然と殺気を受け流す。巨躯の鬼も甚太の怒りなどどうでもいいとばかりに振る舞っている。

『首尾は？』

『上々よ、ちゃんとこの目で確認できたからね。間違いない、あの顔は私が見たまんま。

でもよかったわ、本当にいて。自分の力だけどさすがに荒唐無稽過ぎて信じられなかったのよね』

『お前の〈遠見〉が間違っているなどという心配はしておらん。この地にいるのが見えたなら間違いなかろう。俺が心配しているのは、遊んで目的を忘れて帰ってきたのではないかということだ』

『その手の見下すような物言いは、ちょうきもいと言うのだったかしら』

敵を前にして、無防備に二匹の鬼は雑談を交わす。

いや、無防備は鬼女の方だけ。巨躯の鬼はこちらの動向を警戒し、視線と細かな立ち位置の調整で甚太を牽制していた。

『ちょうきもい……？　なんだそれは』

『この前〈遠見〉で見た景色の中にいた鬼の言葉よ。浅黒い肌で白く眼の周りを縁取りした、えらく派手な衣を着た鬼女のね。すごく気持ち悪いって意味らしいわ』

『ほう、その鬼は独特の言葉を持つのか。興味深いな』

『ええ、そいつも昼間でも動ける鬼みたいだし、案外高位で知能も発達しているのかもしれないわね』

鬼どもは甚太の存在を無視して盛り上がっていた。甚太はその様を眺めるしかできなかったが、少し間が取れたのは幸いだった。

落ち着け、激昂するままに斬り掛かって勝てる相手ではない。

呼吸を整え一歩前に出る。

「くだらない話はそこまでにしてもらおうか。貴様らの目的は何だ。何のために葛野へ向かう」

刀を突き付けて問う。

答えが返ってくるとは思っていない。どちらかと言えば、この行動も普段の自分を取り戻すための時間稼ぎだ。しかし、意外にも鬼は素直に答えた。

『目的……言うなれば未来、だな。我ら鬼の未来。そのためだ』

表情はいたって真剣で嘘を言っているようには見えず、だからこそ甚太は少なからず動揺する。さらに問い詰めようとするが、いかにも退屈そうに鬼女が欠伸をした。

『取りあえずの目的は達成したんだし、そろそろ帰らない？』

ぐっと伸びをして、三叉の槍を肩に担ぐ。鬼女は返答も待たず背を向けた。巨躯の鬼もそれに同意して頷いて見せる。

『そうだな。人よ、詳しいことが知りたいならば追って来い。今は森の奥の洞穴を根城にしている』

「そして罠を張って待ち構える、か？」

『さて。しかし一つ言っておこう。鬼は嘘を吐かん。人と違ってな』

にたりと勝ち誇るような顔を見せると、鬼はその場を後にした。

それを止めることはしないし、できない。さすがに、二匹を同時に相手取るのは無謀だ。去るというのならそちらの方がいい。

奴らは何かの目的をもって葛野に侵入しようとしていた。おそらく長が言ったように、白夜か宝刀夜来のどちらか。ならば、もう一度相まみえることになる。そしてその時は、巫女守として身命を賭した戦いに挑まなければならないだろう。

恐怖を感じはしない。元より自身が選んだ道。違えるつもりなど端からなかった。

「ままならぬものだ」

それでも、自ら選んだ道の険しさを前に甚太は小さく溜息を吐いた。

3

甚太がまだ幼い頃、元治は鬼との戦いで命を落とした。

家を捨てて父親との縁を切った甚太にとって、元治は剣の師であり義父でもあった。

多分、憧れていたのだと思う。だからこそ余計に最期の瞬間が、強大な鬼に全霊をもって挑む元治の背中が強く脳裏に焼き付いている。

——甚太。お前は、憎しみを大切にできる男になれ。

それが義父の遺言だった。

巫女守となり研鑽を積んで少しは強くなったつもりでいるけれど、あの言葉の意味は今も分からないままだ。


「二匹の鬼ですか」

「は。鬼女の方は既に葛野へと入り込んだような口ぶりでした。偵察か、他に目的があったのかは分かりませんが」

夕刻、いらずの森より戻った甚太はその足で社(やしろ)を訪れた。既に日は落ちようとしていたが、報告を受けて集落の権威が集まり頭を抱えている。

いずれ、鬼がここに攻め入ってくるのか。

浮足立つ男達が口々に不安をこぼす。その中で長だけが冷静だった。

「やはり目的は姫様か、あるいは夜来か」

ふむ、と一度頷き顎を左手で軽くいじる。長はしばし考え込み、次いで御簾の向こうに視線を送った。

「もし、狙いが姫様だというのなら……今朝の件、考えていただけますね？」

「……ええ、分かっています」

白夜は明らかに沈んだ声だった。今朝の話し合いには甚太は呼ばれなかった。いかなる内容か把握してはいないが、その反応を見れば彼女にとって不都合なものだったことくらいは分かる。

「長、今朝の件とは」

「なに、鬼の襲来が頻繁ならば備えも必要だろう、という話だ」

「備えですか」

うまく躱されてしまった。弁舌の未熟な甚太では、老獪な集落の長を突き崩すことなどできるはずもない。どのように聞いても望む答えは返ってこないだろう。

「今は、それよりも二匹の鬼への対策を考えるべきだな」

その証拠に、長はあからさまに話題を変えようとしている。とはいえ発案自体は納得できるものなので甚太も静かに頷いて応えた。

巨躯（きょく）の鬼の力量は脅威だ。一対一でも中々に骨が折れる。負けるつもりはないが、そこに鬼女が加われば確実に勝てるとも言い切れなかった。だとしても手をこまねいているわけにもいかない。

「私が鬼の探索に当たりましょう」

勝ち目が薄くとも、この身が巫女守ならば挑まねばならぬ相手だ。覚悟をもって言い切るも意見は即座に却下される。

「いや、甚太は葛野一の剣の使い手。鬼の存在が明確になった以上、できれば集落にいてもらいたい。鬼が洞穴を根城にしているというのなら、まず男衆を募って調べさせるべきだ」

「おお、それはそうだ。お前がいない時に襲われたら一溜まりもないからな。もしも以前のようなことがあったら」

集落の男達は鬼の襲撃を恐れ、どうにか甚太を留めようとする。そこまで過敏に反応するのは、おそらく先代のいつきひめ夜風の末路が脳裏を過（よぎ）ったからだろう。

もう何年前になるか、まだ甚太が幼かった頃の話だ。ある日、突如として一匹の鬼が葛野に現れた。人の身の丈を遥かに上回る巨躯には皮膚がなく、筋肉や臓器が剥き出しになった見るも醜悪な異形だった。あのような化け物がいったいどこに潜んでいたのか、そいつは何の前触れもなく出現したかと思えば社の本殿を襲撃し、そのまま夜風を殺害して死骸まで喰らったのだ。

鬼はあまりにも強大でその力は尋常ではなく、集落一の剣の使い手である元治でさえ及ばなかった。

――惚れた女さえ守れない……ったく情けねぇなぁ、俺は。

守り人でありながら、いつきひめを守れず。夫でありながら妻を救えず。けれどせめて集落を守ろうと、元治は全霊をもって鬼に挑んだ。比喩ではなく全霊だった。鬼を討ち倒せるならば死すらいとわぬと、一太刀に全てを込めた。

結果、元治の命と引き換えに鬼は討伐されて、どうにか葛野の平穏は保たれたのだ。

「申しわけありません。私が軽率でした」

あの時は元治が集落にいたため最悪の事態は回避できた。それを考えれば、巫女守が軽々しく動くのは確かに得策ではない。

「ああ、うむ……」

「そう気にするな。あの件に関しては、甚太が一番な」

甚太の謝罪に、男達は困惑した様子で互いに顔を見合わせた。彼等も知っているからだ。元治は鬼と相打ちになり命を落とした。その最後の戦いを、途中までとはいえ甚太は見ていた。

——後は任せた。白雪を頼む、んで鈴音と仲良くな。

幼い自分を背にかばって鬼へ挑んだ義父の姿を今でも覚えている。おそらく元治が無謀な戦いを止めなかったのは、甚太を守るためでもあったのだろう。

「すまんな、嫌なことを思い出させて」

男衆が頭を下げる。それが甚太には少しくすぐったかった。彼らが、ちゃんと自分を元治の息子として扱ってくれることが嬉しかった。

「いえ、お気遣い感謝いたします。しかし今は」

「おお、そうだ。まずは対策を練らねばな」

昔話はここまでと改めて現状に目を向けるが有用な策もなく、男達はああでもないこうでもないと言い争い始める。議論は長く続いたが、決定打となるような意見は出てこない。

「姫様はどうお考えで？」

長の発言に、視線が一斉に御簾へと向かう。ざわめいていた社殿はいつの間にか静まり返り、誰もが巫女の指示を待っていた。

緊迫した空気だが白夜は動揺を見せない。ここでいつきひめが揺らいでは皆が不安になる。だからこそ彼女は堂々と、いっそ尊大とも思えるほどにはっきりと命じた。

「甚太は一日の休息を。いらずの森の探索は、集落の男を集めましょう。相手は巫女守と相まみえ、なおも生き延びたほどの鬼。探索は社の衛兵も使い、決して無理はせぬように」

「それがよろしいかもしれませんな」

長が納得し深々と頷けば、男達も揃って賛同する。それが甚太には内心喜ばしく、込み上げてくる笑みを必死に押し殺した。白夜がいつきひめとして皆をまとめあげて見せた。葛野のために巫女となった彼女の毅然(きぜん)とした態度が、我が事のように誇らしかった。

「日も落ちました。今日のところは皆下がりなさい。ああ、甚太。貴方には聞きたいことがあります。しばし時間を」

「御意」

白夜が場を取りまとめ、滞(とどこお)りなく会合は終わった。

残された甚太はいつも通り周りの気配を探り、誰もいなくなったのを確認して立ち上がった。

ではこちらに——白夜に促されるままに御簾(みす)を潜(くぐ)れば、先程の態度からは想像もできないほど物柔らかに迎えられる。

「うん、今日もご苦労様」

既に彼女は白夜ではなく白雪になっていた。相変わらずの変わり身に驚き甚太は思わず感嘆の息を吐いた。

「何というか、見事だな」

「なにが？」

「そういうところがだ」

小首を傾げながら聞き返してくる様子からすると、どうやらよく分かっていないらしい。

葛野の繁栄のためにいつきひめとなった白夜と、幼い頃を共に過ごした白雪。どちらも彼女の真実なのだとは重々理解しているが、この切り替えの早さは一種の才能だろう。

「よく分からないけど……とりあえず座って。疲れたでしょう」

言われた通りに腰を下ろすが、神前であぐらをかくのは気が引けて自然と正座になる。そういう融通の利かなさが面白かったようで、白夜はくすりと小さく笑う。

「もう少し寛(くつろ)げばいいのに」

「性分だ。勘弁してくれ」

仕方がない人だとでも言いたげに白夜は肩を竦(すく)める。しかし一瞬の間を置くと、今度は心配そうに問うた。

「ねえ、大丈夫そう？」

鬼のことを指しているのだろう。甚太の身を案じる彼女の目は過(よぎ)る不安に潤んでいる。

「厄介ではあった。だが、手に負えないということもないさ」

次に相まみえた時にどう転がるかは正直なところ分からなかったが、気負いなく答える。見栄は多分に含まれていただろう。それでも、あまり情けない姿は見せたくない。

強がりの甲斐はあったようだ。白夜は少し安心したようで、ほぅと安堵の息を吐いた。

「そっか、なんか結構余裕あるね」

「相応の研鑽は積んできたつもりだ」

「うん、知ってるよ。ずっと見てきたんだから」

元治に毎日のように稽古をつけてもらっていた幼い頃、白雪はいつも応援してくれた。ふと蘇る遠い昔に胸が温かくなる。彼女も同じだったようで、互いに顔を見合わせては何とも言えない照れ笑いを浮かべた。

そんな折、ちらりと畳の上を見れば二三の書物が無造作に置かれていることに気付く。あれはなんだろうか。

「ああ、それ？　清正の本」

清正？

一瞬息が止まる。温かかったはずの心が一気に凍りついた。何故、あの男の持ち物がこんなところに。

「ほら、私は外に出られないでしょ。だから、暇潰しに読本を持ってきてくれるの」

「そう、か」

何気なく語る彼女の様子に、ひどく動揺している自分がいた。普段から社を出られない暮らしが退屈なのは、考えればすぐに分かることだ。だが甚太は、そんなところにまで気が回らなかった。対して清正は彼女の心を理解して配慮していた。その事実に言い様のない焦燥を感じる。

「清正は自分でも本を書いてるんだって。それも読みたいって言ったら恥ずかしがって顔なんか真っ赤で……」

甚太の知らないやりとりを語りながら白夜は白い歯を覗かせる。はずむ明るさは、きっと今まで自分だけが見てきたものだ。

お前にはそれしかできねぇからな？

以前の嘲（あざけ）りが脳裏を過（よぎ）り、ちりちりと頭の奥が焦げる。

ああ、もしかしたらあの男がぶつけたそれは真実で、本当の意味で白雪を守ってきたのは――

「甚太？」

意識が現実に引き戻される。奇妙な妄想に取りつかれ霧が立ち込めた頭の中を、白夜が晴らしてくれた。

「あ、ああ。なんだ？」

「どうかしたのかなぁと思って。考え込んでるみたいだったから」

「何でもない。気にするな」

そう、何でもない。わざわざ彼女の耳に入れるようなものではない。守ると誓ったのだ。白夜に安寧が与えられるのならば、誰の手からであっても喜ぶべきだ。

心を落ち着けて自身に言い聞かせ、必死に平静を装う。

「ねえ、明日どこかに遊びに行こうか？」

今までの流れを無視して白夜が唐突に切り出した。悪びれない様子は、細面の娘でありながらどこか悪戯小僧を思わせる。

「待て、そんなこと」

「久しぶりにいらずの森とか、戻川で魚釣りとか。あ、甘いものも食べたい。ちとせちゃんのお店って確か茶屋だったよね。お団子を食べながらゆっくりするのもいいなぁ」

指折り数えながら「あそこへも」と語り始める。社から出ることが許されないのは、本人が一番理解しているだろうに。

「そうだ、集落も見て回ろう。私がここで暮らし始めてからもう何年も経つし、たまには自分の住む村を見てみたいから」

「待てと言っている」

少し強めに彼女の夢みたいな話を止める。白夜は楽しそうな、違う、楽しそうに見えるよう作った表情を張り付けていた。

「お前こそ、どうかしたのか」

一瞬だけ白夜の体が強張り細い肩が震えた。

「なんで？」

しかしすぐにいつもの彼女に戻り、不思議そうに小首を傾げる。幼げな仕草は可愛らしいが、今は騙されてやることはできない。

「白雪」

「何でもない。気にするな」

改めて問い詰めようとすると、茶化したような物言いで遮られた。

先程甚太は本心を隠したが、白夜はそれを慮り聞かなかった。だから同じように聞いてくれるな、そう言いたいのだろう。だが、自分でも卑怯とは思うがそれはできなかった。

「お前は昔から好奇心が強く、女だてらに男よりも行動的で慎みとは無縁だった」

「なんで、いきなり罵倒されてるの私？」

「だが、周りに気を遣い辛い時にこそ笑っていた。言いたくないことがある時、お前はいつもはしゃいでいたな」

「う……」

図星だったらしく、ばつの悪そうな顔で言い淀む。

白夜がはしゃいでいるのは、何か言いたくないことがあるから。そしておそらくそれは、甚太にも言わなければならない大切な何かなのだろう。長い時間を共に過ごしたから理解できる。だからこそ聞かないわけにはいかない。先延ばしにすれば、後々苦しむのは彼女自身だ。

「甚太は、ずるいよね」

先程の遣り取りを指しているのだろう。自分の嫉妬は隠しておいて彼女の本心を聞き出そうとする。成程、確かにそれはずるいのかもしれない。

「それを言われると弱いな」

肩を竦め、けれど視線は逸らさない。真剣さは心から慮ればこそ。それを分かっているから、たじろいだ彼女はしばしの逡巡の後に降参して溜息を吐いた。

「はぁ……隠し事はできないな」

「すまん」

「ううん、ありがとう。ちゃんと言わないといけないから、先延ばしにしようとした私が間違ってた」

そう言った彼女には、どこか涼やかな趣がある。吹っ切ったのか諦めたのか。いやに透明で感情の乗り切らない微笑みだ。

「……あのね、伝えたいことがあるんだ。とっても大切なこと。だから、明日一日、私に付き合ってくれないかな？」

絞り出すような小さな願いを断ることなんて考えられず、ゆっくりと首を縦に振る。

はにかんだ彼女は、まるで暗夜に灯火を得たようだった。なのに鮮やかな喜びは瞬きのうちに消え失せる。

視線を背けた白夜は一抹の寂寞を横顔に滲ませて、そっと目を伏せた。

4

白雪の母の夜風は彼女が九つになった時に亡くなった。

当時の巫女守であった父の元治は、いつきひめを喰らったという鬼を命懸けで封じた。

文字通り、命懸けで。

こうして白雪は一人になった。


慎ましやかに終わった元治たちの葬儀の日の夜半、白雪と甚太は集落から離れ戻川を一望できる小高い丘に訪れた。

川は星を映して流れ往く。たゆたうように水辺を舞う光は蛍か、それとも鬼火か。見上げた空の雲間から月が覗いていた。

二人並んで景色を眺めれば、ほんの少しだけくすぐったかった。

「甚太、私ね。いつきひめになるんだ」

何気なく、何の気負いもなく少女は告げる。

そもそもいつきひめは、代々白雪の家系が担う役。彼女が火女(ひめ)となるのは当然の流れだった。

　甚太には彼女の言葉に含まれた気持ちが分からない。巫女であったが故に鬼に喰われた母と、その仇(かたき)を取るために命を落とした父。悲しい結末を知りながらも、どうして彼女は平然といつきひめになると口にできるのか。

　そう問いたかったが、少女に静かな決意を感じ取り何も言えなくなった。

「おかあさんの守った葛野が好きだから。私が礎(いしずえ)になれるなら、それでいいって思えたんだ」

　幼さの消えた横顔だった。その瞳は何を映しているのだろう。きっと流れる水ではなく、もっと美しい景色を見ている。そんな気がした。

「でも、もう会えなくなるね」

　白雪は知っている。いつきひめになれば、甚太や鈴音においそれと会えなくなる。けれど、それでいいのだという決心の言葉だった。

　白雪は生まれ育ったこの地、葛野と、そんな集落を支えた母のことを愛している。だから、その選択は当然だった。そのために自分が色々なものを諦めるくらい、彼女には何でもないことだったのだろう。

「なら俺が会いに行くよ」

　自然と、そう口にしていた。

　甚太は幼馴染の少女を初めて美しいと感じた。できれば彼女には自身の幸福のために生きて欲しいと思う。先代の顛末(てんまつ)を知ればなおのことだ。しかし白雪は母の末路を知りながらそれでも同じ道を歩むと、他がためにありたいと、幼さに見合わぬ誓いを掲げた。

そのあり方を美しいと感じ、だからこそ守りたかった。

「今はまだ弱いけど。俺、強くなる」

子供の発想だが真剣だった。強くなれば、どんなことからも彼女を守れると思った。

「強くなって、どんな鬼でも倒せるようになる。そうしたら巫女守になって会いに行くよ」

紡(つむ)ぐ言葉は祈りのように。

強くなりたいと、彼女の強さに見合うだけの男でありたいと心から願う。

「その時には、俺が、お前を守るから」

何かに堪(こら)え切れず白雪は涙をこぼした。濡れた瞳には先程までとは違う光が宿っている。流れる涙を拭うこともせず、ただ彼女は柔らかに笑った。

「ねえ、甚太。お母さんは、いつきひめになってからお父さんに会って、それで結ばれたんだって」

その笑顔に甚太は思う。

大丈夫だ。二人なら、遥かな道もきっと越えていける。

「私はいつきひめになったら、甚太を巫女守に選ぶから――」

風が吹いて木々がかすかにざわめく。

「甚太は、いつか私を妻に選んでね」

遠い夜空に言葉は溶けて、青白い月が薄らと揺れる。森を抜ける薫風はするりと指からこぼれ落ちるように頼りなくて、ほんの少しだけ切なくもなった。

だから二人はどちらからともなく手を繋ぎ、静かに空を眺めた。

言葉と一緒に心まで溶けていきそうな、そんな夜だった。

◆

「甚太、もう朝だよ。起きて」

まどろむ意識がゆっくりと引き上げられる。揺さぶられる心地よさがより眠気を誘う、緩やかな朝のひととき。

「鈴音……？」

いつまでも寝ていたいと思うが、そういうわけにもいかない。気怠さを噛み潰して重い瞼をゆっくり開け、起こしてくれた妹に礼の一つも言おうとしたが何やらおかしい。

「おはよう」

艶やかな長い黒髪に雪のように白い肌、緩やかに下がった目尻。その甘やかさに呆け、段々とはっきりしてきた頭が違和感で停止した。

「もう、仕方ないなぁ、甚太は。お姉ちゃんがいないと何にもできないんだから。ちゃんと一人で起きられるようにならないと駄目だよ」

そこにいたのは、そこにいないはずの人物。

「……白雪？」

口にして、そのあり得なさに思わず唖然となった。

いや待て、おかしい。なんでこんなところにいる。

寝ぼけていた意識は一気に覚醒したが、目は覚めても状況が理解できない。何故か分からないが、社（やしろ）から出て来られないはずの白夜が自分を揺り起こしている。しかも着ているのはいつもの巫女装束ではなく薄桃色の着物。長い黒髪も後ろでまとめている。

なぜ、彼女はそんな恰好をしているのか。

「そんな恰好って酷いなぁ。可愛いでしょ？」

口にしなかったこちらの内心を正確に読み取って、白夜は小さく笑う。随分と楽しそうだ。普段と違う服装に浮かれているのか、くるりと一回転してみせる。

確かに可愛らしくはあるのかもしれないが、そんな場合ではないと気付き甚太は白夜に詰め寄る。

「お前は、なんでここに？」

胸中は乱れに乱れていた。動揺しながらもどうにか言葉を絞り出すが、当の本人は平然としたものである。

「なんでって昨日言ったでしょ。だから約束通り抜け出してきたの」

抜け出してきた？　なんということを。いつきひめというのは姿を衆目に晒さない。それは単なる掟ではなく、巫女の神聖さを保つために必要だからだ。だというのに、彼女は何を普通に出歩いているのか。

「大丈夫、今の私の顔を知ってるのは、ええっと、社の人と長、甚太に清正、後はすずちゃんくらいだから。外を出歩いても私だと気付かれないと思うよ」

説明されても何が大丈夫なのか全く伝わってこない。慌てる甚太をよそに、白雪はのん気に微笑んでいた。

「しかし、鬼がお前を狙っているというのに」

「それなら甚太の傍が一番安全でしょう」

「私は鬼を探し出し、討たねばならん」

「昨日言った通り、鬼の居場所が分かるまで出番はないよ。少なくとも今日は待つことになるかな」

「だが、長にばれたら」

「大丈夫、今日のことに関しては長も許してくれてる」

それ以上は続けられなかった。何という根回しのよさ。最初から逃がす気はないらしい。

「他には何かある？」

　完全に勝利を確信しきった得意げな顔だ。実際、反論はほぼ封じられている。

「……お前の強引さには敵わん」

　苦々しく眉間に皺を寄せる。吐き出せたのは負け惜しみくらいだった。

「せっかく姫さまが来たんだから、もっとおいしいものを出せばいいのに」

　起きてきた鈴音を含めて三人で朝食を食べる。いつも通りの麦飯と漬物が不服なのか、鈴音は口をとがらせていた。

「そう言うな」

「にいちゃん、甲斐性なし？」

「殴るぞ」

　実際、甚太は料理などほとんどできず、麦飯も近所で一緒に炊いてもらっている始末。甲斐性なしと言えばそうなのだろうが、あまりにも直接的な鈴音の物言いに応対は憮然としたものになってしまう。そんな兄妹のやりとりを見ていた白夜が、半目でぼそりと呟いた。

「できないくせに」

「何か言ったか」

「だって甚太は甘いし、すずちゃんを殴るなんて絶対無理でしょう？」

　そこで「なんでもない」と誤魔化さない辺りが白雪だった。どうやら彼女には、妹を叱ることもできない甘い兄だと思われているらしい。それは思い違いだと、甚太はむっつりとしたまま答える。

「百歩譲って、私がこいつに甘いのは認めよう。だが、兄として叱るべき時には叱るし、必要ならば手も上げる」

「ふぅん」

　白夜はどうでもいいとでも言いたげにぽりぽりと漬物を齧っている。

「でも、絶対無理だよね……」

「あ、やっぱりすずちゃんも、そう思う？」

「うん、だってにいちゃんだもん」

「お前ら本気で殴るぞ」

　身を寄せあってちらちらと甚太を見ながら、ちゃんとこちらに聞こえる声の大きさで二人で内緒話をしている。

　懐かしい、というべきか。子供の頃にも似たような構図は何度もあった。勿論冗談だと分かっているので、腹を立てるようなことはない。とはいえ、いつまでも子供のままではない。毅然とした態度で甚太が食事を続けていると、鈴音が提案してきた。

「じゃあ、試しに殴ってみて？　こつん、でいいから」

思わず呆気にとられて視線を向ければ、妹が小さな頭を差し出していた。白雪もその意見に案外乗り気のようで、なにやら期待を込めた目で見ていた。

本気で舐められている。いい加減ここらで、おしおきをしてやらないといけない。そう思い拳を軽く握り締めたところで、鈴音が真っ直ぐに甚太の目を見た。そして、ゆるりと絡まった紐が解けるように柔らかく微笑む。

ぐっと息が詰まり、それでおしまい。振り下ろす先を失った拳は解かれて、もう一度膝の上に戻ることになった。

「必要ならば、手も上げる？」

「まあ、別に悪さをしたわけでもないしな」

「うん、そうだね」

白雪は見透かしたように微笑んでいる。

昔から彼女には勝てなかった。しかし考えてみれば、鈴音にも勝てたことなどなかった。相も変わらぬ自分の弱さに思わず溜息がこぼれた。

「いってらっしゃい！」

朝食を終え、白雪に急かされて出かける準備を整える。玄関で見送る鈴音はいつも以上に元気な様子でにこにこと笑顔を絶やさない。

「鈴音……何か嬉しそうだな」

「うんっ！　だって、にいちゃんは今日一日姫さまと一緒なんでしょ？　だから、すずも嬉しいの」

「何故それが嬉しい」

「すずはにいちゃんが大好きだもん。だから、にいちゃんが幸せだと嬉しいの」

それはつまり、白雪と一緒にいる時の自分は幸せそうにしているということだろうか。

少しばかり問い詰めたくなったが、鈴音が楽しげだから突っ込むのも野暮と思い聞かなかった。

「そうか。済まない、留守を頼む」

「うん、楽しんできてね」

ぶんぶんと大げさに手を振る鈴音に、こちらも軽く手を挙げて応える。まったく、あそこまで気合いを入れなくてもいいだろうに。

「ほんと、すずちゃんはいい子だねぇ」

それには同意するが、やはりもう少しわがままになって欲しいとも思う。

まあ、今日のところは鈴音の言う通りせっかくの機会を楽しむべきだろう。

甚太と白雪の足取りは軽く、互いにくすりと小さく笑い合って家を後にした。

「楽しんで……きてね」

だから、遠く寂しそうに呟いた鈴音の声を聞き逃した。


のんびりと道を歩いていると、すれ違う二人の男に呼び止められた。葛野の守り人たる巫女守が見慣れぬ少女と手を繋いで歩いているのだ。集落の民は皆一様に驚き、珍しいものを見たとからかい交じりに話しかけてくる。道中、既に何度か同じようなやりとりをしたためいい加減面倒にもなってくるが、そこは顔には出さない。

「お、甚太様。その娘は？」

「古い知り合いです」

「今日は久しぶりに来たので、集落を見せてもらっています」

嘘は言っていない。以前は共に暮らしていたので古い知り合いには間違いないし、白夜が葛野の集落を見るのも久しぶりだ。

「巫女守様、いい人がいたんすねぇ。浮いた話の一つもないから、結構心配してたんですが」

「いやはや。甚太様もそういうお歳になりましたか。小さな頃を知っているだけに、感慨深いですなぁ」

しみじみと頷く男達。狭い集落ゆえ住人のほとんどは親戚のようなもので、こういった話題はなんとなく照れが交じる。しかし白夜はそうでないのか、甚太の腕を取って見せつけるように体を寄せた。

「いい人だって」

顔が熱くなる。驚いて視線を落とせば彼女は悪戯っぽく微笑んでいた。傍から見れば、まさしく恋仲だろう。仲睦まじく寄り添う姿を男達は生暖かく見守っている。

「おい」

「やだ」

離れろと言う前に拒否されたが、さすがに人前で腕を組むというのは恥ずかしい。寄り添う体から彼女の温度を感じる。

「巫女守様も女性には弱いのですなぁ。もう尻に敷かれてるとは。よいかなよいかな、男は尻に敷かれてやるくらいが夫婦円満の秘訣です」

「いや、ちとせが泣くな。姫様も残念がるかもしれませんよ」

他にも二言三言付け加えると、散々からかって満足したのか男達は笑いながら去っていった。

人心地ついて胸を撫で下ろす。鬼を相手取るよりもよほど疲れた。取り敢えず白雪の正体には気付かなかったようだ。

「……その姫様が横にいるのだが」

「ね、ばれないでしょう」

確かに意外と気付かれないものである。それでいいものなのだろうか、と思わなくもないが。

「まあ、深く考えても仕方ないか」

「そうそう、細かいことは気にしないの」

白雪がさらに強く体を寄せた。鼻腔(びこう)をくすぐる彼女の香に少しだけ鼓動が速くなる。それを心地よいと思った。

「あ、甚太様！　いらっしゃい……ませ？」

訪れたのは葛野に一軒だけある茶屋。本来、たたら場に茶屋があること自体珍しいが、この店は何代か前の巫女守が「せめてもの娯楽を」と建てさせたものらしい。所以(ゆえん)はともあれ、今では集落の数少ない憩(いこ)いの場となっていた。

「ちとせ、邪魔するぞ」

茶屋の娘、ちとせが目を丸くしてこちらを見ている。前の日にいらずの森で随分久しぶりに会ったかと思えば、今度は店に訪ねてきたのだ。鈴音とちとせが疎遠になってしまってから自然と足が遠のいて、今では茶屋を訪れる機会など滅多になかった。珍しさに加えて脇に彼女の見知らぬ女性がいるからか、ちとせは困惑しているようだ。

「あの、その方は？」

「知り合いだ。それ以上は聞いてくれるな」

「はぁ……。あっと、すみません。ご注文は？」

納得がいったのかいかないのか微妙な反応だ。少し間があって思い出したようにちとせが注文を聞くと、勢いよく白夜が手を上げた。

「お団子を……ええっと、十本」

「二本でいい。あと、茶を」

「えっ」

「また腹を壊すぞ」

彼女は普段食べられないせいか、機会があると甘味を大食いする癖があった。しかし元々多く食べる方ではなくいつも食べ過ぎで苦しみ、しょっちゅう繁縷を煎じた胃腸薬の世話になっていた。既にその様を何度も見ているのだから、止めるのは当然だろう。

「はい、少し待って……くださいね。お父さん！」

「おう、聞こえてた」

父親と元気のいいやりとりをしながら、ちとせは店の奥へ引っ込む。その後ろ姿を眺めていた白夜がぽつりと呟いた。

「ちとせちゃんも気付かないかぁ」

投げやりな、わずかに寂しさを含んだぼやき。ちとせは元々鈴音の友人で幼い頃には白夜と遊ぶ機会もあった。何年も顔を合わせてないんだ。気付いてもらえなかったのが、それなりに堪(こた)えたらしい。

「分かってはいるんだけどね」

理屈では分かっていても感情までは納得できないといった様子だ。

二人して店の前の長椅子に腰を下ろす。横目で盗み見たその表情は曇ったままで、まるで置いてけぼりをくらった子供みたいに足をぶらぶらとさせている。

「お待たせしました」

しばらくすると、小さな盆を片手にちとせが戻ってきた。長椅子の上に置かれたのは湯呑が二つと、団子とは別に注文していない小皿もある。

「これは？」

「磯辺餅。お好きでしたよね？」

餅など正月くらいしか食べる機会がない。滅多に食べられないせいもあるだろうが、何が食べたいと言われて最初に思い浮かぶのは餅だ。同じ餅なら磯辺餅がいい。思い出も色々とある。そう言えば随分と昔、彼女にそんな話をしたこともあった。

「覚えていてくれたのか」

意外さに目を見開けば、ちとせはぎこちない照れ笑いを浮かべている。出された磯辺餅は巫女守ではなく甚太への気遣いだった。

驚いた顔が嬉しかったらしく、ちとせは元気よく首を縦に振った。

「はいっ。ちょうどあったんで、せっかくですから」

「済まん、ありがたく頂こう」

「ゆっくりしていってください」

小さくお辞儀をしてまた店の中に戻っていく。

甚太は少しだけ口元を緩めた。餅を出してくれたことよりも、餅が好きだと覚えていてくれたことが嬉しかった。

「甚太だけ特別扱いされてる」

白夜は団子を食べながら不満そうに頬を膨らませている。自分が忘れられているのに甚太のことはしっかり覚えているというのが、気に食わなかったらしい。

「だから仕方ないだろう」

「でも、複雑……というか、ちとせちゃん、なんか変じゃなかった？　妙に緊張してたみたいだけど」

ちとせの拙い敬語には白夜もやはり違和感を覚えたようだ。それに関しては甚太も同じだが、仕方のないことでもある。

「あの娘にとって、今の私は『甚太にい』ではなく『巫女守様』だということだ」

「あ……そっか」

昔とは立場が違う。何もかも昔のままでなど、どだい無理な話だ。いつきひめ程ではないにしても巫女守もまた畏敬の対象と成り得る。そしてちとせも、もはや小さな子供ではない。そこに思い至ったらしく、白夜はばつが悪そうに目を伏せた。

「今さらながらに、お前の苦労が分かるよ」

冗談交じりにこぼしながら肩を竦める。ただの笑い話だから気にするなというこちらの気遣いの意を汲んだのだろう、白夜も敢えて茶化した物言いで返す。

「でしょ？　いつきひめは大変なのですよ、巫女守様」

「はは、やめてくれ」

いつきひめと巫女守。思えば、お互い自由な自分ではいられなくなってしまった。変わらないものなんてないというのが白夜の父、元治の口癖だった。歳月が経ちあの頃のように無邪気ではいられなくなった今、彼の遺した言葉がことさら重くのしかかる。

「変わらずにはいられないものだな」

周りも、自分自身も。

白夜は何も返さなかった。彼女が、それを誰よりも知っているからだろう。

集落で社の次に目立つのは高殿と呼ばれる建物である。高殿はたたら製鉄の要で、建物の中には大型の炉が設置されている。これに砂鉄とたたら炭を入れ、数日間昼夜を問わず鞴を踏み続けることで鉄は造られる。当然、高殿の中は尋常ではない程に室温が高まり、近付くだけでもその熱気が感じられた。

「入るか?」

「ううん、やめとく。邪魔したくないし。行こうか」

遠くから高殿を眺めていた白夜が反対方向に歩き始める。その表情はどこか嬉しそうだ。背後からは男達の声が聞こえてくる。内容までは聞き取れないが、炉の熱気にも負けない程の熱がそこにはあった。

「嬉しそうだな」

「うん。お母さんも、きっとこんな葛野を守りたかったんだろうなと思って」

足取りは軽く、とんとんと拍子をとるように二歩三歩進む。白夜は上機嫌で放っておいたら鼻歌でも歌いそうなくらいだ。

「私ね、鉄を造るところって好きなんだ。いい鉄を造るために、皆が力を合わせてるのが分かるから。……いつきひめになったことで少しでもあの人達の支えになれたなら、すごく嬉しいな」

そう言った白夜はいつもよりも大人びて見えて、いつもよりも綺麗に見えた。

——おかあさんの守った葛野が好きだから。私が礎（いしずえ）になれるなら、それでいいって思えたんだ。

いつか彼女が口にした想いは、今も変わらない。当たり前のように誰かの幸せを祈れる。白夜は昔からそういう娘で、だからこそ守りたいと甚太は願った。

「集落の柱が謙虚だな。皆、お前がいるから安心して暮らせるんだ」

「ふふっ、ありがとう。でも、それは甚太もだからね」

「私は、それほど大層な真似は」

「巫女守様がなに言ってるの。あ、もしかして照れてる？」

「放っておけ」

見慣れた景色をのんびり歩く。

夜風が育み元治が守ろうとしたものが、今なら少しだけ分かる気がする。彼等はきっと、昔ながらの葛野を守り続けたかったのだろう。特別なものなど何一つない、当たり前の小さな小さな幸福。その眩（まぶ）しさに目を細める。

「なあ」

「うん、お母さん達にも挨拶しておこうか」

同じように感じてくれているのか、ふと視線が合えば白雪もまたかすかに目尻を下げている。そんな二人だから、次の行先は自然と決まった。

　甚太達の足は、義父母の眠る場所へと向いていた。

　葛野では、亡骸は火葬するのが一般的だ。遺骨のいくつかは砕いて粉にして、いらずの森の奥に撒く。産鉄の集落において火は神聖なるもの。焼くことで死骸のケガレを祓い、灰となった後は土に還して木々の養分とする。失われた民の命が森を育て、伐採された木はたたら炭となり新たな鉄を生み出す。葛野の葬儀は死者を弔うと共に、火を通して行われる死と新生の儀式でもある。

　それはいつきひめや巫女守でも変わらない。参る墓などありはせず、故人を偲ぶにはいらずの森を眺めるのがせいぜいだった。

「あまり奥には入れないぞ」

「大丈夫、分かってる」

　普段ならともかく今は白夜を森の奥へは近付けたくない。

「でも、こんな機会なかなかないから。一度、来たかったんだ」

　この森の奥に元治と夜風の遺灰は撒かれた。白夜にとっては父母の弔われた場所、特別な感慨があるのだろう。勿論、甚太にしてみても同じだ。もう何年も経っているのだから、遺灰も土に還っている。それでもやはり感傷的になってしまう。

「甚太は、ここに来たりする？」

「時折な」

「そっか」

大袈裟に冥福を祈るほどではないが、たまにいらずの森へ足を運ぶこともある。元治に拾われ、夜風が葛野で暮らせるよう取り計らってくれた。甚太にとって彼等は恩人だ。元治
特に元治は剣の師であり巫女守としては先達でもある。今でも甚太は、飄々としながら
も一本筋の通った義父を心から尊敬していた。

「甚太、お父さんに懐いてたもんね」

「懐くというか剣の師だったしな。尊敬はしている」

実の父が嫌いだったわけではない。厳しくも優しい良い父親だった。しかし鈴音への
虐待を考えれば、手放しで肯定もできない。その分、元治のあり方に憧れを覚えた。

「元治さんの教えは難しくて、正直に言えばよく分からないものも多かった。だが、い
つだってあの人は大切なことを教えようとしてくれた」

いつだったか元治は言っていた。

あらゆるものは歳月の中で姿を変える。季節も風景も、当たり前だったはずの日常も、
変わらぬと誓った心さえ永遠に続くことはない。どんなに悲しくてもどんなに寂しくて
も、多分それは仕方ないことなんだろうと。

そう語った元治こそが、本当は誰よりも歳月と共に変わりゆくものを厭忌していたの

かもしれない。だからこそ必死になって抗おうとした。その行いの尊さを理解できるのは、幼かった時分よりも少しは前に進めた証なのだろう。

「私は、あの人の背中を今も追いかけているような気がするよ」

まだ届かない。巫女守となり研鑽を積んだ今でも、元治には敵わないと思う。それを悔しいと感じないくらい、甚太にはいつかの背中が大きく見えていた。

「ふふっ、そっか」

「どうした、いきなり笑って」

「そりゃあ娘としては、父親が褒められたら嬉しいよ」

心から嬉しそうな表情を見せた白夜が、いらずの森に背を向けて改めて集落を見回す。

「お父さん達みたいに、こういう変わらない葛野を繋いでいけたらいいね」

楽しそうに未来を語る白夜の様子に、甚太は小さく笑みをこぼした。同じ想いを共有できるというのは、むず痒(かゆ)くも心地よかった。

ただ、義父の死に際を思い出したからか、その遺言が脳裏を過(よぎ)る。

——甚太。お前は、憎しみを大切にできる男になれ。

あれはいったい、どういう意味だったのだろう。

義父母の思い出を語り合った後は、特に何をするでもなく集落をただ歩き、時折くだらない話をした。元々娯楽の少ない集落だから見るべき場所などほとんどないが、久しぶりに外を歩くこと自体が嬉しいのだろう。白夜はいつになくはしゃいでいた。引き摺られるように、甚太もまた幼い頃に戻ったような心地で一日を楽しんだ。

ただ、一つだけ気にかかる。

昔から彼女が必要以上にはしゃぐのは、何か言いたくないことがある時だった。

日はゆっくりと落ち、空は夕暮れの色に染まっていた。

散々歩き倒して火照った体を冷まそうと集落を離れる。辿り着いたのは、戻川を一望できる小高い丘。いつか、二人で遠い未来を夢見た場所だった。

「風が気持ちいい……」

真っ白なその肌を夕暮れの風が撫でている。通り抜けるその優しさに黒髪は揺れて、ざぁっとさざ波のように木々が鳴いた。

「今日はありがとう」

「いや、私も楽しんだ」

「そっか、それならよかった。また、私のわがままに付き合わせちゃったから」

「それこそ、いつもだろう」

「あ、ひどい」

表情が次第に曇っていく。先程までの無邪気な少女は消え、儚げな横顔に変わった。

　橙色の陽を映す川はまだらに輝いて、瞬く光が少し目に痛い。

「もう、いいのか？」

　何気なくこぼした言葉。その意を白夜は間違えなかった。

「う……ん」

　沈んだ声には空白が転がり込み、しかしようやく何かを決意したのか戻川に向けられていた視線を甚太へと移す。

　まっすぐで逸れることはない。揺らがぬ決意が彼女の瞳に映り込む。

「ここで、甚太と話したかったんだ。ここは私の始まりの場所。だから、伝えるのはこの場所がいいと思ったの。聞いてくれる？」

「……ああ」

「そっか、よかった」

　彼女が笑った。

　けれどその佇まいには色がなくて、秘められたものまでは汲み取れない。

　風がまた一度強く吹き抜ける。木々に囲まれた小高い丘で、彼女は少しだけ近くなった空に溶け込んでしまいそうだ。

　いや、その姿は自ら溶け込もうとしているようにも見えた。そして空になった少女は泣きそうな、けれど同時に強さも感じさせる笑みを浮かべて、

「私、清正と夫婦になるね」

そう言った。

5

葛野において巫女が姫と呼ばれるのは身分としての意味ではない。正確に言うならば「いつきひめ」とは「斎（いつき）の火女（ひめ）」、即ち火の神に奉仕する未婚の少女を指す。しかし、時代が下るにつれてその意味は薄れ、今では先代がそうであったように子を成した後でもいつきひめを務める場合がほとんどだ。いつきひめは単純に、火の神に祈りを捧げる神職という意味へと変化した。

だから、彼女の言ったことは別段不思議ではなかった。いつきひめであっても、いつかは誰かと契りを交わす。それくらい最初から分かっている。驚くような話ではない。

それなのに初夏の夕暮れは、少しだけ息苦しくなったように思えた。

「昨日の朝、長に言われたんだ。鬼が私を狙うなら、先代のようになる前に後継ぎを産まねばならないって。その相手として清正が選ばれたの。清正は巫女守で、いずれ集落の長になるから。葛野の未来を考えればこれ以上の良縁はないだろう、だってさ」

昨日の朝、甚太は普段よりも遅く社（やしろ）を訪れるように言い渡された。その意味を今になって理解する。

白夜と清正の婚約の図面を引いたのは長に間違いない。だから、その対抗馬になり得る、また白夜も望むであろう甚太を遠ざけ、昨日の内に清正との婚約を皆に告げたのだろう。

「子を作るだけなら清正じゃなくてもいい、候補者はもう一人いるって言ったんだけど。甚太は……ね、葛野の血を引いてないから駄目だって言われちゃった」

悔しいが、その理由が納得できてしまう。

いつきひめと巫女守が結ばれること自体は不思議ではない。事実、先代もそうだった。だが、同じ巫女守ならば流れ者よりも集落の民の方が良いに決まっている。葛野の繁栄に祈りを捧げる火女が、葛野の地を取りまとめる次代の長と婚姻を交わす。これ以上の良縁はない。

長は最初から白夜と結婚させるつもりで清正を巫女守にねじ込んだ。つまり、半年前から今回の件を画策していたことになる。ならば根回しはされていて当然だろう。そして鬼の襲撃に絡め、白夜が首を縦に振らざるを得ない状況になった今、実行に移したわけだ。

であれば、これは既に集落の総意だ。誰が何と言おうと覆らない決定事項となってしまっているに違いない。

「それが葛野の民のためって長は言ってた。私もそう思った。だから今回の話、受け入れることにしたの」

葛野のためというのは彼女の最大の急所だ。その一言で白夜はあらゆる理不尽を受け入れる。といっても浅慮ではない。熟考し、為す意味があると思ったからこそ了承した。そうだ、そのくらいは分かる。相応の理解ができるだけの時を共にしてきたのだから、分かってしまう。白夜自身も反対していない。政略に違いはなく、手放しで賛同しているわけでもないだろう。だが、彼女は婚姻が葛野のためになると判断した。そして、その相手として受け入れる程度には清正を想っているのだ。

「今の私は白雪。だから言うね」

頭の奥がちりちりと焦げる。痺(しび)れて立ち眩(くら)みを起こしたようにぐらつく。けれど目は逸らさない。彼女の決意がそこにはあり、だからこそ真っ直ぐに見据える。

「私、甚太が好きだよ」

知っていた。

立場からか決して伝えようとはしなかったが、白雪がずっと想っていてくれたことは甚太も分かっている。

「でも、これからは白夜。もう白雪には戻れないの」

それも知っていた。

白夜は最後の最後で、誰かへの想いではなく自身の生き方を選ぶ。己が幸福ではなく葛野の民の安寧を願ってしまう。この場所で彼女がいつきひめになると誓ったその日からそれを知っていた。

「この道を選んだのが私なら、そこから逃げることは許されない」

もはや目の前にいるのは白雪ではない。決意を胸に揺らぐことのない一個の火女だった。

「甚太が好きなのは本当だよ。正直に言うとね、ちょっとだけ思ったんだ。一緒にどこか遠くへ逃げたいって。誰も知らない遠いところで夫婦になって、ひっそりと暮らすの」

ぺろりと舌を出して、おどけた調子。昔から変わらない白雪がそこにはいる。だから、甚太は必死になって平気なふりを気取ってみせる。強がりだとしても、今は彼女との会話を続けていたかった。

「夫婦か。悪くないな」

「でしょ？　二人は仲のいい夫婦になって、いつもべたべた甘え合うんだ。それでいつかは子供が生まれて、お父さんとお母さんになって」

あまりにも穏やかな横顔だった。遠くを見つめる彼女の瞳には、願う景色が映し出されているのだろうか。あるいは他の何かか？　視線の先を追っても、そこには空があるばかり。甚太には何も見えない。

「家族が増えて、ゆっくり年老いて。最後には仲のいいおじいさんおばあさんになって、並んでのんびりお茶を啜るの。いいと思わない？」

　想像する優しい未来がもはや叶わぬと知っているはずなのに、白夜は心底楽しそうだ。

「ああ。そうあれたら、どんなにいいだろう」

　その夢想に甚太もまた顔をほころばせる。彼女と共に年老いていく。そんな日々を過ごせたのなら、どれだけ幸せだろうか。

「だけど、甚太はきっとそんな道を選んではくれないよね」

　質問ではなく確認。彼女の言葉は鋭すぎて刃物のようだ。

　葛野の地を捨てて白夜と逃げた先にある景色を幸福だと思うが、それは選べない道だ。

　遠い雨の夜、全てを失った。

　遠い雨の夜、小さなものを手に入れた。

　元治は家を捨てた自分達に生きる術を与えてくれた。

　夜風は共に生きる同胞だと認めてくれた。

　白雪は家族だと言ってくれた。

　どこの馬の骨とも知れぬ兄妹を、集落の者は当たり前のように受け入れてくれた。

　故郷を離れ流れ着いた先は、いつの間にか掛け替えのない場所へ変わって。

「……そうだな。私にはできそうもない」

　己が幸福のために切り捨てるには、少しばかりこの地は大切になり過ぎた。

「それって、私のことが好きじゃないから？」

「まさか」

ずっと好きだった。いつまでも一緒にいたいと思う。しかし、「一緒に逃げよう」とは言えなかった。

白夜よりも葛野が大切だからではない。彼女は自身の幸福を捨てて葛野の未来を願った。その決意の重さを知ればこそ、安易な逃げを口にするわけにはいかなかった。

「白雪、私もお前を好いている」

思い出されるのはいつかの情景。

星を映して川は流れる。

二人並んで見上げた夜空。

紡ぎ出した、小さな望み。

いつきひめになると、もう白雪に戻れなくなると知りながら、それでいいと彼女は笑った。父母を亡くし自分であることさえできなくなって、それでも素直に誰かの幸せを祈れる。そんな彼女だから好きになった。

「だが、私が守ると誓ったのは、『白雪』ではなく『白夜』だ。幼い頃から必死に剣を磨いてきたのは白雪を守るためではなく、母の後を継ぎいつきひめになると言った白夜の決意を尊いと思ったからだ」

全てを捨てて他がために生きる道を選んだ幼馴染が、せめて心安らかにあれるよう強くなりたかった。己には刀を振るうことしかできない。しかし振るった刀が守る彼女は、きっと素晴らしい景色を描いてくれるだろう。その想いこそが、巫女守としての甚太を今まで支えてきてくれたのだ。

「お前と夫婦になり緩やかに日々を過ごすのは幸福だろう。だが、この地を切り捨ててまで得ようとは思えない。もしもそんな道を選んでしまえばお前の幼い決意を、お前が必死になって張ってきた意地を、その道行きを尊いと信じて研鑽を積んだ己が歩みを否定することになる。私は……俺には、それが受け入れられないんだ」

彼女を好きだというのならば、そのあり方を汚すような真似はできない。一度選んだ道を違えるなど、認められるはずがなかった。

「馬鹿みたいだよな。もう少し上手くやれたらいいんだけど」

呟きは巫女守ではなく甚太としてのものだった。それを聞いた白夜は嬉しそうに、ほう、と温かな息を落とした。

「ほんと。……でもよかった。貴方が私の想ったままの貴方で」

清正の妻になるというのに嫉妬する素振りすら見せない想い人。それでこそよかったと、白夜は満足そうに小さく頷く。

「やっぱり、甚太は私と同じだね。最後の最後で誰かへの想いではなくて自分の生き方を選んでしまう人。でも、そういう貴方だから好きになった」

揺らがない少女のあり方を、溶けた夕焼けが縁取る。

目を奪われた。遠い昔に見とれた輝きが、まだここにちゃんと残っている。

「私もね、選べなかった。だって、いつきひめになるって決めたのは私。なら巫女として の自分を否定したら、正面から甚太に向き合えない。今まで歩いてきた道を嘘にした ら、貴方を想う私の心もきっと嘘になる。だから、私はいつきひめでいようと思う」

不意に風が吹いて、長い黒髪がゆらり揺れる。

「貴方を好きな私が、最後まで貴方を好きでいられるように」

それが答え。

幼い頃から一緒だった。誰よりも分かり合い、いつだって隣にいた。同じ未来を夢見 て同じものに憧れた。二人はいつも一緒で、どこまでも同じだった。心は離れず、しか し歳月に流され、無邪気にはしゃいでいた頃にはもう戻れない。

お互いに好きだと伝え合い、それが決定的な終わりとなった。

「ああ。なら、やっぱり俺は、巫女守としてお前を守るよ」

たとえ結ばれることはなくとも、変わらずにお前の傍にあろう。

言葉にしなくても届いたようだ。かすかに目を潤ませながら、けれど澄んだ水面のよ うに彼女は透き通った微笑みを映し出している。

「……うん」

その笑顔が本当に綺麗だったから、選んだ道に間違いはなかったと自惚れられた。そして、心さえすり抜ける透明さに甚太は理解する。

二人は、ここでおしまいなのだと。もう一緒にはいられない。これからは、今まで傍にいてくれた彼女が他の誰かの隣で笑うのだ。

寂しい。どんなに強がっても辛い。軋む胸の痛みはどうしたって誤魔化せない。だけど、不思議と落ち着いてもいた。お互いに譲れなかったものがあり、お互いにそれを最後まで貫いた。想いが形になることはなくとも、二人は確かに通じ合えたのだ。だから素直に負け惜しみでも強がりでもなく、この終わりを受け入れられる。

巡り往く季節、移ろう景色、時代も街並みも、永遠を誓う人の想いさえ歳月の中では意味をなさず、その姿を変えていく。どれだけ寂しくてもどれだけ辛くても、それはどうしようもないことだ。

――でも、美しいと思った。

離れていく愛しい人を前にして、残ったのは悲哀でも寂寞でもない。この心は彼女の笑顔を、彼女の決意を、ただ美しいと感じてくれた。幼い頃に守りたいと願ったものを今でも尊いと信じられる。それが嬉しくて自然と笑みはこぼれた。

歳月を経て様々なものが変わり、けれどあの頃の憧憬は今もここにある。ならば報われなかった二人の恋は、きっと間違いではなかったはずだ。

「あぁ、振られちゃった」

背伸びをして、白夜は大きく息を吐いた。

「振られたのはこっちだろ？」

「えっ　私は振ってなんかないよ」

「俺もそんな覚えはない」

溢れてくる軽口。どっちが振ったのか。そんなものどちらでも意味がないだろうに、二人で貴方だ、お前だと押し付け合う。名残を惜しんでいたのかもしれない。途切れればもう元には戻れないと知っていた。何かが壊れてしまわないように言い争いを続け、それでも次第に言葉はなくなり、ついに二人とも黙り込む。

終わり掛けた夕暮れの下、流れる川の音だけが耳をくすぐる。

不意に空を仰いだ白夜は万感の意を込めて告げる。

「そっか、ならきっと……」

もしも振られたというならば、それはおそらく。

「結局、私達は、曲げられない『自分』に振られたんだね」

風に溶ける少女の強く儚いあり方が眩しくて、そっと目を細める。

「ああ。お互いにな」

口をついて出た返答は軽い。その軽さゆえ、逆に自ら途切れたなにかを強く意識することになった。

お互いがお互いの生き方を尊いと信じればこそ、共にあることはできない。

そんな恋の終わりもあるのだろう。

「随分、遠くまで来たんだな、俺達」

「本当。もう帰れなくなっちゃった」

気付けば夕日は完全に落ちて、薄闇が辺りを包んでいた。藍色を帯びる川辺に、ずっと昔、この場所で未来を夢見た夜を重ねる。あの頃に見た景色と今ここで見る景色。同じものを見ているはずなのに、何故か色合いは違うような。何が変わったのかは分からない。

「では戻りましょうか、甚太」

白雪はいなくなり、白夜が微笑んだ。

「御意」

甚太はいなくなり、ただの巫女守が残った。

何が変わったのかは、どれだけ考えても分からなかった。

あの夜と同じように見上げた空は、星の光に少しだけぼやけて見えた。

鬼の根城が見つかった。
報告が入ったのは、翌日の明け方頃だった。

6

いらずの森の奥には鬼の告げた通り洞穴があり、彼等の根城となっていた。報告を受けて朝一番で甚太は社(やしろ)に呼び出され、再び鬼切役(おにきりやく)が与えられた。

「では甚太」

命じる白夜に感情の色はない。

「御意。鬼切役、ここに承りました」

自然と手に力が籠(こも)った。彼女はいつきひめであろうとしている。ならば、巫女守として二匹の鬼を討ちとらねばならない。

「ともすれば、鬼女が単独で葛野を襲うかもしれません。ですが、その場合は清正が対処します。貴方は己が役目に専心なさい」

「はっ」

床に拳を突き恭しく頭を下げる。それだけで伝わるものがあり、役目を果たすために礼を示した後は即座に立ち上がった。

御簾(みす)の近くには清正が控えている。あの男は白夜と結ばれる。気に食わないし嫉妬していないとも言えないが、それも含めて選んだ道だ。

小さく息を吸い社殿の静謐な空気を肺に満たす。

効果があったのか、思った以上に心は落ち着いてくれた。

そうだ、これはいつも通りのこと。鬼切役を受け、その間の護衛を清正が担う。その形は以前から何も変わらない。だから焦燥を覚える必要はないと自分に言い聞かせる。

「清正、姫様を頼む」

込み上げる情動をひと飲みにして、平静を保ったまま何の裏もなく清正に後を任せる。

「……ああ、分かってるよ」

相変わらずのにやけた面を見せるかと思えば、返ってきたどこか悔いるような呟き。

意外に思ってまじまじと見るが、ふいと視線を逸らされた。歯を食いしばり引き締めた横顔からは、胸中を窺い知ることはできなかった。

「武運を祈ります」

凛とした白夜の声が響く。

清正の態度には不可解なものを感じたが、今は問い詰めている時でもない。かすかに残った疑問を頭から追い出し甚太は社を後にした。


「おい」

社殿から出て鳥居を潜ろうというところで、後ろから肩を掴まれた。振り返れば清正が親の仇でも見るような形相で睨め付けていた。

「なんで何も言わない」

「何がだ」

「ふざけんなっ」

　歯ぎしりをして憎々しげにしている。今までにも突っかかって来ることはあったが、ここまで余裕がないのは初めてだ。

「聞いたんだろ、白夜とのこと」

「その話か。ああ、姫様から聞いた」

「じゃあ、なんで何も言わない。お前だって白夜が好きだったんだろ」

　平然とした様子が癪に障ったようで、眼光がさらに鋭くなる。そう言えば鈴音も似たようなことを問うていた。どうにも自分達の考え方は、周りには理解されにくいらしい。顔には出さず胸の内で苦笑する。

「姫様が決められたのだ。私も納得している」

「それでいいのかよ。お前、何考えてんだ」

「無論、姫様の安寧と葛野の平穏だ」

　この男は何が言いたいのか、甚太の方こそ疑問だった。意図の読めない詰問に、いい加減苛立ちが募ってくる。

げる。

「反対しないのだから、お前には好都合だろう。何か問題があるのか」

その一言が火に油を注いだ。目に濁った怒りを宿らせ、清正は乱暴に胸ぐらを掴み上

「俺は白夜をもらうぞ。いいんだな」

「だから納得していると言った」

「っ！」

甚太の態度に激昂して拳を振り上げ、しかし殴りかかることはせずに体を震わせる。

その様は、溢れ出る感情を無理矢理抑えつけているように見えた。

「離せ」

結局、清正は殴らなかった。腕を乱暴に払いのけても大した反応はない。されるがま

まに手を離し、うなだれて悔しそうに奥歯を強く噛んでいる。

「お前、どうかしてるよ……」

想い人を奪われて平然と認める。成程、傍から見ればおかしくも映るだろう。自身の

思慕よりも下らない意地を優先するなど、どうかしているとしか言い様がない。

だが、今さら生き方は曲げられない。彼女の決意を美しいと思ったのならば、それを

汚すような真似は死んでも許されない。我ながら難儀なことだ。

「だろうな。私もそう思うよ」

自嘲し、頼りなく笑う。

呆気にとられたのか清正は何も言えないでいた。それを無視して着物を直し、今度こそ鳥居を潜る。

背後で立ち尽くしているのが分かった。だが、かける言葉は見つからなかった。


「にいちゃん、お帰りなさい」

社で鬼切役を受けた後、甚太は一度自宅へ戻った。

後ろ鉢巻たすき十字に綾なしてというわけでもないが、戦いに臨むのならそれなりの準備は必要だ。

「ああ。何もなかったか？」

「うん、平気だよ」

「そうか、ならよかった」

出迎えてくれた鈴音はいつものように満面の笑み。その無邪気さのおかげで、ささくれた心も多少は滑らかになる。幾分か落ち着いた心地で身支度を整えた。

「今日は、もうお仕事は終わり？」

「いや、鬼切役を承った。少し準備を整えたら出る」

「えっ……また？」

刀、鞘、装束に草履。一通り不具合がないか確認する。そうして最後に刀を腰に差し表情を引き締めれば、反対に鈴音が沈んだ面持ちへと変わった。

「悪いな、留守を任せてしまう」

「ううん、それはいいの。でも……」

鬼切役は怪異を相手取るため危険はどうしたって付きまとう。一人で留守番をするのは我慢できても、兄が怪我するのは嫌なのだということか。不満と心配がない交ぜになった、得も言われぬ瞳が甚太を見る。

「すぐに帰ってくる」

「そう言って、いっつも何日も帰ってこないもん」

そこを指摘されると辛い。兄の身を案ずるが故にこぼれる愚痴。それがありがたくも申しわけなく、かといって妹可愛さに御役目を断れるわけではない。

結局大したことは言えず、悲しそうな妹に「済まん」と小さく謝って玄関へと向かうことしかできなかった。

「後は頼んだ」

「……気を付けてね」

文句はあるし納得し切れてはいない。しかし憂いなく赴けるよう、様々なものを飲み込んでくれたのだろう。鈴音は小さく笑ったが、震えた唇が陰った内心を如実に表している。

「そう心配しないでくれ」

「するよ。心配くらいさせてよ」

揺れる声に、縋（すが）るような色にちくりと胸が痛む。

思えば何度こうやって独りにしただろう。大事な家族だと言いながら、巫女守だから鬼切役だからと、いつも留守番をさせていたような気がする。鬼の血を引くが故に人の輪に入れなかった妹。この娘は寂しい思いをしていたのに、いつだってわがままなど口にせずちゃんと自分を送り出してくれた。行かないで欲しいなんて、一度だって言わなかった。それが誰のための強がりだったかなど考えるまでもない。

「大丈夫だ」

気が付けば片膝をつき、目線を同じ高さにして頭を撫でていた。

「に、にいちゃん？」

照れて頬を赤く染めた鈴音が、わたわたと体を動かしている。

自分の都合で大切なものを置き去りにする身勝手な男だ。撫でる手は罪滅ぼしにもならないかもしれないが、それでもこの娘が少しでも安らげるようできる限り心を寄せる。

「安心しろ。ちゃんと帰ってくるから」

「ほんとに？」

「ああ、にいちゃんを信じてくれ」

きっぱりと言い切れば、何故か小さな体は少しだけ強張った。

手を離して立ち上がると、俯いていた鈴音はゆっくりと顔を上げた。

「うん、待ってる。私は妹だから。いつだって、にいちゃんの帰りを待ってるよ」

ふわりと柔らかい包み込むような幼気な笑みだ。

だが、どうしてだろう。少しだけ大人びても見える。

「鈴音……？」

何故だかこの娘がひどく遠く感じられて、知らず名を呼んでいた。

「どうしたの？」

きょとんと不思議そうな、よく分かっていないような反応。

気のせいだったのか。妙なところは見当たらない。普段通りの妹がそこにいて、やはり思い違いなのだと胸を撫で下ろす。

「いや、何でもない……では行ってくる」

「うんっ、行ってらっしゃい」

そうしていらずの森へ向かう。

背中に投げ掛けられた無邪気さはやはり普段通りなのに、ほんの小さな違和感が消えない。喉の奥に小骨が刺さったような、何かを取り違えたような名状しがたい奇妙な気分だった。

　重なり合う木々が天幕となった森は、むせ返るほど濃い緑の匂いで満ち満ちている。初夏の柔らかな日射しの中、なおも閑寂(かんじゃく)たる様相を崩さないいらずの森は一種独特の空間だ。時折響く鳥の声とそれに応えるように唄う木々のざわめきが、一層静けさを引き立てている。踏み締める土は直接日が当たらないせいかかすかに湿っており少し歩き難い。だが、足を止める程でもなく、甚太は一人黙々と小路を歩き続けていた。

　時間はまだ真昼に差し掛かったところ。明るいうちに勝負を決めようと鬼の下へと向かっている最中である。

　懸念はあった。

　今回は鬼が二匹いる。この状況でわざわざ鬼が自身の居場所を晒(さら)したのは、呼び寄せて二匹掛かりで仕留める気だろうか。あるいは一方が足止めをして、もう一方が葛野を襲うためか。

　可能性としてはどちらもあり得る。後者ならば、恐らく足止めは大形の鬼の方だろう。あの鬼は確かに強大だろうが、一対一ならば易々と遅れは取らない。それに鬼女の方はさほどでもなかった。あれならば、数で攻めれば清正や集落の男達でも何とかなる。

　問題は前者の場合だった。相手が二匹でも負けるつもりはないが、確実に勝てるとも言い難い。

「さて、どうなるか」

正直考えたところで分からないし、どの道自分にできるのは目の前の鬼を斬るのみ。下手の考え休むに似たり。些事(さじ)に気を回すくらいならば、戦いに意識を集中した方がいいだろう。

神経を研ぎ澄ませて深い森を踏み分けていくと件(くだん)の洞穴が見えてきた。鬼の住処だとて躊躇(ためら)いはない。罠の類は仕掛けられていないようだ。警戒しながらも洞穴に侵入し、暗がりの中を慎重に、ごつごつとした岩肌を踏み締めて進む。

一瞬、わずかな灯りが目に入り込んだ。それを標(しるべ)にさらに奥へと進み、その末に辿り着いたのは洞穴内の大きな空間だった。光源は鬼が用意したであろう数本の松明(たいまつ)しかない。薄暗い広間だった。

鼻を突いた臭いは松明に使った硫黄だろうか、それとも鬼が殺した人の残り香か。焦げたような、卵の腐ったような独特の臭いが漂っている。

『来たか、人よ』

視界の先には、一匹の鬼がいた。

「お前だけか」

『あやつは葛野の地へ行った』

そうか、と小さく呟き左手は腰のものに。鯉口を切り、一挙手一投足も見逃さぬと鬼を睨め付ける。問いながらも意識は目前の戦いにのみ注がれる。他事に気を取られたまま渡り合える相手ではなかった。

『いやに冷静だな』

「予測はしていた。葛野の民をあまり舐めるな。あの程度の鬼に後れをとるほど軟ではない」

ゆっくりと刀を抜き脇構えの体勢になる。呼応して鬼も両の拳を握ると、右腕を突きだし半身になった。

『それは困るな。ならばすぐ加勢に行くとしよう』

「舐めるなと言っている。この命、貴様如きにくれてやる程安くはないぞ」

余計な問答はいらない。

両者は示し合わせたように飛び出し、それが殺し合いの合図となった。

腰を落とし重心は低く、根を張ったように体は安定している。地を踏み締め足から膝を通り腰へ、捻じった体を戻す反動を加え腰から肩へ、全身の連動によって生み出された力が肩から腕へ。すべてが研ぎ澄まされた袈裟懸けの斬撃へと変わる。

葛野の太刀と実戦で鍛え上げた剣技は、容易に鬼の皮膚を切り裂く。だが、敵もさる者、怯むことなく反撃を繰り出す。空気を裂くでは生温い、空気をえぐり取るような拳が突き出される。

この体勢では後ろには下がれない。故に振り下ろされた刀はそのままに、右足で地を蹴り間合いを詰める。

拳が頬の横を通る。それだけで、触れてもいないというのに皮膚が破れた。

だが止まらず、体を鬼のみぞおち辺りに捻じ込む。

突き出した左肩を中心に体ごとぶつかる全霊の当て身である。

『ぐぅ……！』

苦悶が漏れ、わずかに数歩ではあるが鬼が後退する。

一瞬の好機。

鉄の如き鬼の体躯に加減なしでぶつかったのだ。鬼のものと比べれば遥かに弱い人の五体が、衝撃に軋んでいる。だとしてもこの機を逃すわけにはいかない。

刀を大きく振り上げる。右足を一歩踏み込み、上段に構えた刀を裂帛の気合いと共に放つ。それはちょうど鍛冶師が振り下ろす槌に似ていた。

肉に食い込み、骨を断つ感触。

狙ったのは放り出された左腕。確かな手ごたえをもって鬼の腕を斬り落とす。

ごろんと無造作に転がる腕を確認して返す刀で首を狙うが、そこまでは相手も許さなかった。鬼の拳が頭の上から降ってくる。しかし腕を失ったせいか、その動きはぎこちない。

甚太は刀を途中で止め、後ろに大きく距離を取る。

血払い、最後に小さくひと呼吸ついた。

既に十合を超える交錯を経て、裂けた頬以外は無傷。対して、鬼にはいくつかの刀傷が見える。致命傷には程遠いが左腕も斬り落とした。

取りあえずは上手くいっている、といったところだ。

『こちらの攻めが一度も当たらぬとは。人間離れした男だ』

「鬼の言うことか」

甚太は悠然と構える。

だが、勘違いしてはいけない。この戦い、優勢なのはあくまでも鬼の方だ。攻撃が一度も当たらぬとは言うが、そもそも一撃でも当たればそこで終わる。鬼の膂力で放たれた拳は直撃すれば即死、急所を外しても二度と立ち上がるは叶わず。無傷の勝利か無残な死か。そのどちらかしか甚太の結末はあり得ない。

逆に鬼の体躯は頑強で、多少の傷では命を刈るには足らない。首か心臓か、頭を潰すか、急所を捉えねば討ち果たすなど不可能だ。それが分かっているからこそ、強引なまでに鬼は攻め立てる。

傍目には有利に見えるが、その実、神経をすり減らす綱渡りの如き戦いであった。

「……っ！」

呼気が漏れる。再度、拳と刀が交錯した。

袈裟懸け、振り抜く。逆手、一閃、狙うは首。

避けきれなかった鬼が、その頑強さをもって猛然と攻めてくる。放たれた一撃を躱しながら甚太は地を這うように駆ける。鬼の腕を掻い潜り逆風、下から上へと斬り上げる。それに合わせ、鬼もまた地面へと叩き付けるように拳を振るう。

逃げはしない。むしろさらに一歩を進み懐に入り込む。鬼の拳は空振り刀は胸元を切り裂くが、致命傷には程遠い。踏み込んだ右足を引き体を捌く。左足を軸に体を回し鬼の腹を蹴り付け、その反動で一気に間合いを離す。

渾身の蹴りでも怯まないのを見て甚太は軽く舌打ちをした。傷は与えられるがやはり決め手に欠ける。あれを討つには、多少の傷を覚悟で踏み込まねばならないだろう。

『人は、やはり面白い』

尋常の勝負、真っ当な殺し合いの最中にあって敵は見合わぬほどの穏やかさだった。こちらの思惑なぞ知らぬとばかりに鬼は感嘆の息を吐いた。

『鬼の寿命は、千年を優に超える。俺もそれなりに長い時を生き、酒を呑み賭けにも興じてきたが、人を超える娯楽には終ぞ逢ったことがない』

人を脆弱な者と見下し、命を餌程度にしか考えないあやかしとならば以前やり合った。

だが、この鬼の語り口はそういった人を軽んじたものではない。娯楽という表現を使ってはいるが決して馬鹿にしたようなものではなく、鬼のあり様は真摯(しんし)なものさえ含んでいた。

『例えば武術。鬼に劣る体躯(たいく)でありながら、それを凌駕(りょうが)する技を練る。あやかしより遥かに短い命ながら人は受け継ぐことでより長くを生きる。人は当然の如く摂理に逆らう。これを面白いと言わずしてなんと言う』

それは憧憬だったのか。鬼は薄(うっす)らと目を眇(すが)めた。

甚太の剣は元治に学び、度重なる実戦で磨いたもの。元治も、おそらくは誰かに師事し剣を磨いたのだろう。彼の師もまた、先人に教えを乞うたはずだ。ただ一つに専心して生涯をかけて磨き、朽ち果てる前に授けて人は連綿と過去を未来に繋げていく。武術に限った話ではない。一個の寿命には限りがある。しかし、得たものを次代に遺し、途方もない時間を費やして人は多くを為してきた。

千年を超える寿命を持ち初めから人よりも強く生まれる鬼にとっては、瞬(また)きの間に終わる命で何かを為そうと足掻(あが)く人の営みが、眩しく映るのかもしれない。

『人はまこと面白い。だからこそ聞きたいことがある』

向けられた視線は試すような、値踏みするような色に変わっていた。

『人よ、何故刀を振るう』

その問いに動きが止まる。巫女守である甚太にとって鬼は集落に、人に仇なす外敵でしかない。こちらの意を知ろうとするあやかしなぞ初めてだった。

『摂理に逆らい得た力で、お前は何を斬る』

「他がために。守るべきもののために振るうのみ」

考えるまでもなく、間を置かずに答える。白夜だけではない。鈴音や葛野の民、自身が大切に想うもののためにただ刀を振るう。元よりそういう生き方しかできぬ男だ。単純ではあるが本心だった。

『余分を背負い、その重さに潰れ往く。成程、実に人らしい答えだ』

豪快に鬼は笑う。やはりそこには侮蔑も嘲りもなく、心底面白いといった様子だ。この鬼は決して人を見下さないし何より理性的である。だからだろう、甚太もこいつが何を考えているのか知りたくなった。

「ならば私も問おう。鬼よ、何故人に仇なす」

『さて、人ならぬ身であれば、言葉で表す答えなど持ち合わせておらぬ。おらぬが……あえて言うならば鬼故にだろう』

「鬼は人を殺すが性だと？」

『否。己がためにあり続けることこそ鬼の性よ。ただ感情のままに生き、成すべきを成すと決めたならば……そのために死ぬ。それが鬼だ』

音吐(おんと)はどこか頼りない。自嘲を帯び、口の端が皮肉気に吊り上がっている。先程までの豪放さはなく、無力に嘆くような表情は屈強な鬼にはそぐわぬものだ。

『俺は、この地で成すべきを成すと決めた。故にそのために動き、故にそこから一歩も動けぬ。鬼は鬼である己から逃れられぬ。そういう生き方しかできんのだ』

人を殺すのが鬼ではなく、結果、人を殺すことになろうとも目的を果たすまで止まれないのが鬼だという。

もしその弁が事実ならば、人と鬼に何の違いがあろう。

一瞬の逡巡。戸惑いが脳裏を過(よぎ)り、それでも構えを解くことはない。

「止められないのか」

『できれば鬼とは呼ばれぬ』

ああ、そうなのだろう。

この鬼が……この男が、自らの歩みを易々と曲げるとは思えない。自身もまたそういう男だから分かる。生き方なぞ、そうそう変えられるものではない。

結局、選べる道は一つしかないのだ。

「……そうか。ならば遠慮はせん」

『必要ない』

重く冷たく、洞穴内の空気が揺らぐ。

この交錯で終わる。訳もなく理解した。

『往くぞ』

瞬間、鬼の残された右腕の筋肉が隆起する。残った力を全て集めているのか。ぼこぼこと沸騰する液体のような音を立てながら脈動し、次第に膨張していく。その急激な変化は、腕が一回りほど巨大になったところで止まった。

鬼は右腕だけが異常に発達した、左右非対称の異形となっていた。

「面白い大道芸だ」

内心の焦りを悟られぬよう、甚太はあえて挑発めいた物言いを演じてみせた。肌に感じる圧力は今まで対峙してきた鬼の遥か上をいく。あの腕は危険だ。

『言いおるわ。確かに大道芸よ』

その言葉が気に入ったのか、鬼は心底おかしそうに笑い飛ばした。次いで勝ち誇るように口の端を吊り上げて肥大化した右腕を見せつける。

『我ら鬼は通常、百年を経ると固有の力に目覚める。中には生まれた時から持っている者もいるし、十年やそこらで目覚めることもあるがな。ともかく、高位の鬼は一様にして特殊な能力を持ち合わせているものだ』

「それが、お前の力というわけか」

『正確には違う。俺の力は〈同化〉。他の生物を己が内に取り込む、戦いにはさほど役に立たんものだ。……が、これには別の使い方があってな。同じ鬼と〈同化〉すれば、その力を喰える』

もう一つ別の使い方もあるが、それは今語ることでもあるまい。鬼はそう付け加え無造作に腕を振るう。風が唸りを上げた。

何気ない動きでこれだ。まともに食らえばどうなるかは推して知るべしだろう。

つぅ、と冷や汗が頬を伝った。成程、高位の鬼と称するだけはある。勝つにしろ負けるにしろ、無事では済まないだろう。

「つまり、それは」

『本来は別の鬼の力……〈剛力〉という。短時間だが骨格すらも変える程に膂力を増す。単純だが効果的だ。もっとも、俺が喰った力はこれだけだが』

今までにない難敵。それだけの脅威と認めたからこそ違和感があった。

この鬼は初めから饒舌ではあったが、自身の持つ力を語ることに意味があるとは思えない。騙そうとしているのか。いや、鬼は嘘を吐かないとこいつは言った。何より虚言を弄するような痴れ者には見えない。

「よく回る舌だ。何故わざわざ手の内を晒す？」

『言っただろう。成すべきを成すために死ぬのが鬼だと。これも必要な……いや、餞別といったところか』

説明するのが必要？　餞別？

冥途の土産という意味なのだろうか。今一つ要領を得ない。

眉をひそめるも鬼は疑問に明確な答えを返さず、ただ薄く笑った。

『なに、気にせずともよい。詮なきことだ』

「……それもそうだな。どうせ成すべきは変わらんか」

どのような理由があったとしても、後に待つのは殺し合いなのだ。互いのまとう気配がそう語っている。ならば余計なものは必要ない。今はただ眼前の敵、その絶殺にのみ専心する。

思索に耽り濁っていた意識が透明になっていく。

透き通る水の如き純粋な殺気をもって刃を構える。息遣いにまで神経が通う。

一つ、息を吐く――半歩前に出る。

二つ、息を吸う――全身に力が籠る。

三つ、息を止める――それが合図になった。

爆発と紛う轟音を引き連れて鬼が突進してくる。

繰り出すのは相変わらず技術のない一撃だ。乱雑で未熟な、ただの拳。だというのにそれは唸るほどに力強く、なにより速かった。今まで全ての攻撃を避け切っていた甚太をして回避が間に合わぬほどに。

あれは止められないと瞬時に悟る。どうすればいい。

後ろに退く。否、意味がない。

体を捌く。否、避けられない。

刀で防ぐ。否、受け切れない。

鬼の放った一撃から逃れられる未来が全く想像できなかった。

ならば、どうすればいいかなど知れたこと。元より己に為せるはただ斬るのみ。ならば前に進む以外の選択肢などありはしない。

刹那の間に覚悟を決め、甚太は踏み込んだ。腰を落とし、突き出された拳を横から払うために左腕をぶつける。

「い、があっ……！」

一瞬、わずかに一瞬。防御などできるわけもなく、左腕がへし折れて千切れ、宙に舞った。遅れて傷口から鮮血が飛び散り、走る激痛。苦悶に顔が歪む。

しかし、甚太は平静だった。この程度の傷は端からおり込み済み。痛みに構っている暇などない。重要なのは鬼の拳撃をわずかにだが逸らせたこと。そして、まだ生きているということ。

なおも鬼は止まらない。規格外の一撃をどうにかやり過ごしただけで、止めるには至らなかった。だが拳を逸らし、わずかに隙間ができた。その空白に潜り込む。拳がすぐ近くを通り、掠めた左肩が裂けた。

傷は深い、だが問題はない。左腕一本を犠牲にしてどうにか命を繋いだ。

次はこちらの番だ。

刀を掲げ、片手上段。全身の筋肉を躍動させ、刃を一気に振り下ろす。

己が死を予見した鬼は勢い任せに上体を後ろへ反らし、肥大化した右腕を引き付けて守りに入る。斬るのが早いか防御が先か。今ここで全霊をもって斬り伏せる。甚太は躊躇わず白刃を振り下ろし——

だが届かず。刀身が砕けた。

放った斬撃は間違いなく全力にして最速。鬼はそれを上回った。渾身の一刀が奴の体を裂くよりも早く異形の腕が割り込み、こちらの最速を防いだのだ。

長年連れ添った愛刀は敵を断ちきれず砕け、無惨に金属片が飛び散る。

もはや、武器も次の一撃を防ぐ手段もない。

鬼がにたりと嗤う。

それでもなお、甚太の目は死んでいなかった。

砕け散った刀身、折れた刃先がまだ空に浮いている。とっさに柄を捨てて手を伸ばし、地に落ちるよりも早く物打ち——刀の先の部分を掴む。物打ちを小刀のように見立て握り締める。痛み。刃が食い込み掌から血が流れる。代わりに、この手にはもう一度攻撃の手立てが与えられた。

鬼は今の攻防で手一杯なのか無防備を晒している。

もはや、ここ以外に好機はない。

限界まで体を捻り、一歩を進むと同時に右腕を突き出す。

奴の目はそれを捉えていた。だが避けようとはしない。いや、動けない。鬼は全てを出し尽くし完全に硬直している。指の先にまで力を籠め、握りの弱さを補助するために痛みは無視して肉を骨を刃に食い込ませる。狙うは一点、鬼の心臓、この一撃をもって終わらせる。

『あ…が ぁ……っ』

ずぶりと気色の悪い音が骨に伝わった。

刀身が鬼の左胸に突き刺さり、鮮血が甚太の全身にかかる。

心臓を潰した。その感触を刃で味わうと、ほどなく巨躯は力を失くして崩れ落ちるように洞穴の天井を仰ぎ倒れ込んだ。

ここに、勝敗は決したのである。

地に伏せる異形から白い蒸気が立ち昇る。命が尽きようとしている証拠だ。

鬼は息絶える時、肉片一つ残さず消え去る。もはや助からない。

……勝利を誇るよりこの鬼は助からないのかと、まるで惜しむような考えを抱いてしまったのは何故だろうか。

「ぐ……」

こちらの傷も相当に酷い。左腕からは今も血が流れている。腕を押さえて少しでも止血しようとするが、あまり意味はなかった。このままでは失血死だ。何か手立てを考えなくては。

『随分と血に濡れたな』

仰向けに寝転がる鬼は首だけを動かし、甚太へ視線を向けた。

鬼の体からは今も蒸気が昇っている。空気が肺から洩れるような、かすれた呻(うめ)き。死が目前まで近付いているというのに、呼吸こそ荒いが平然とした態度を崩さない。

「お前よりはましだろう」

肩で息をしながらも鼻で嗤(わら)う。無論ただの虚勢に過ぎず、激痛に目の前が点滅している。気を抜けば途端に意識を失ってしまいそうだ。

『はっ、まったくだ』

「死に往く身で、随分と余裕のある」

『なに、俺は成すべきを成した。なれば死など瑣末(さまつ)よ』

満ち足りた安らかな末期(まつご)だった。悔いなど一つもないと、静かながらも曇りのない面持ちで終わりを待っている。志半ばで逝く男の顔ではない。

甚太が怪訝に思えば、鬼は皮肉気に口の端を吊り上げ泰然と語り始めた。

『俺と共にいた鬼、あやつの力は〈遠見〉と言ってな、遠い景色を覗き見ることができるのだ』

何のつもりかは分からないが、黙って遺言に耳を傾ける。死に往く身であるし、なによりこいつが虚言を弄するとは思えない。今の今、殺し合った相手だが、この鬼には信頼に足るだけの重さを感じていた。

『〈遠見〉は遠く離れた景色だけでなく、今は形もない未来の情景さえも知れる。あやつが今回見たのは二つの景色だ。一つは遠い未来の葛野の地に鬼を統べる王が、鬼神が降臨する姿』

鬼神。

途方もない話で荒唐無稽ではあるが、戯言と切って捨てるには鬼はあまりに穏やかだった。

もしも真実だというのならば看過できない。だが高位とはいえ、一匹の鬼相手にこの様だ。それらを総べる鬼神とやらはどれほどの化け物か。打倒できるなど毛程も思えなかった。

『もう一つ、百年以上未来において鬼神と呼ばれる者が現在、この地に住んでいること。

それを我らは〈遠見〉によって知った。だから我らはここに来たのだ』
未来で鬼の王となる存在。この地に住む鬼。未来がどうなるかなど、神ならぬ人の身では知る由もない。ただ、葛野に住む鬼ならば心当たりがあった。

──さあ？　でもあの男の子は……確か、鈴音ちゃんだっけ？

あたし達の同朋と長く一緒にいたみたいだし、案外あやかしに近付いているのかもね。


今さらながら違和に気付く。何故、鬼女は鈴音を知っていた？

「それは」

甚太は思っていた。鬼達は白夜、あるいは宝刀の夜来を狙ってこの葛野へ訪れるのだと。その推測は間違っていたかもしれない。

鬼達の本当の目的は──

『人よ、餞別(せんべつ)だ。持って往け』

瞬間、目の端で何かが動いた。反射的に体を捌(さば)く。

「がぁっ……！」

しかし、一手遅かった。

斬り落とした鬼の左腕だ。転がっていた腕が飛来し、まるで生きているかのように甚太の首を掴む。ぎしぎしと嫌な音が鳴る。とっさに掴んだ鬼の手首へ力を込めてどうにか引き離そうとするも、人の膂力ではぴくりとも動かない。

迂闊だった。たとえ心臓を貫いても、完全に死に絶えるまで注意を怠るべきではなかった。油断の代償がこれだ。尋常ではない力で首を絞められ、血は今も流れ続け、生命の危機に瀕している。

空気が入って来ない。血液が失われていく。目の前が砂嵐のように霞み、額のあたりで火花が散っている。喉が熱い。締め付けられた部分が溶かされているようだ。

『お前は、守るべきもののために刀を振るうと言った』

誰かが何かを言っている。

『ならば、今一度問おう。お前が守るべきと誓ったもの、それに守るだけの価値がなくなった時、お前は何に切っ先を向ける？』

よく理解できない。

意識が、もう、保てない。

『人よ、何故刀を振るう』

最後に何故か、その言葉だけが強く残り。

白雪……鈴音……。

目の前が、どろりと鉄のように溶けた。

葛野では鬼の襲撃に備え厳戒態勢が敷かれていた。

もしも鬼が襲ってきたとしても、いつきひめには手出しさせぬ。巫女守が傍に控えるのに加えて男達は社（やしろ）の前に集まり、それぞれが武器を取り警備にあたる。女子供は安全のため家に籠（こも）っている。鈴音もまた、家で大人しく兄の帰りを待っていた。

「にいちゃん……」

大切な人は今、白夜のために命を懸けて戦っている。

それが辛い。

あり体に言えば、鈴音にとって甚太以外の人間はどうでもいい存在だ。幼馴染の巫女の生き死ににでさえ興味がない。「姫さま」と呼ぶのは、単に兄が彼女を大切に想っているから。二人が共にいられるよう願うのは、兄がそれを幸福と感じているからに過ぎなかった。

そうでなければ、甚太に近付く女など好意的に見られるはずがない。それほどまでに兄に対する想いは深い。家族として親愛の情を抱き、心から慕い、あるいは恋慕の気持ちだってあったのかもしれない。

遠い雨の夜、父に捨てられ、けれど彼だけが手を差し伸べてくれた。

彼の手に救われた。

その時から鈴音にとっては甚太が、あの人の手が全てだった。

だから鬼切役は好きではない。長い間離れないといけないことは勿論嫌だし、心配なのも本当だ。それ以上に、あの人が他の誰かのために命懸けで戦っている事実は耐え難い程に辛かった。

「やっぱり、姫さまと結ばれるのかなぁ」

ぽつりと何気なく落とした独り言は、想像以上に淀んでいる。鈴音はまだいつきひめの婚約を知らない。浮かべる想像は、未だに甚太と白夜が結ばれるという結末だ。

胸が軋む。あの人が誰かと契りを交わす姿など本当は見たくない。叶うならばずっとずっと一緒にいたい。胸にある想いが妹としてのものか女としてのものかは、自身にも分からなかった。

ただ時折、ほんの少しだけ考える。

もしも自分が彼の妹でなかったら夫婦として結ばれることもあっただろうか。そんな未来を夢想し、しかしすぐさま首を横に振って頭から追い出す。何を馬鹿な。妹だからこそ傍にいてくれたのだ。そうでなければ、きっと手を差し伸べてはくれなかった。なら、これでいい。男女として結ばれることはなくとも、妹として一緒にいられるならば十分に幸福だ。

未だ鈴音が幼いままなのは、だからこそなのかもしれない。成長すれば妹ではいられなくなる。血縁は消えないが、それでも大きくなった女は嫁に行き家庭を持たねばならない。成長して大人になり誰かの嫁になることなど想像したくもない。とはいえ、独り身となって兄に迷惑はかけたくない。

故に幼子のまま。自身の感情に破綻を起こさず彼の妹であり続けるために、無意識の内に成長を止めた。彼女の中にある鬼の血がそうさせたのだろう。自然の摂理に逆らう程に鈴音の想いは強かったのだ。

「やだな」

いくら幼子のままあり続けようと、いずれ兄は白夜と結ばれる。甚太が自分を捨てるわけではない。彼はどんなになっても自分の味方でいてくれると確信がある。けれど、きっと今のままではいられない。

その未来がたまらなく苦しく、同時に仕方ないとも思う。

本当はずっと一緒にいたいけど、にいちゃんが笑ってくれるならそれでいいや。

繰り返すが、甚太以外の人間など鈴音にとってはどうでもいい。だから、甚太が幸せならば「ずっと一緒にいたい」という自らの願いでさえ、どうでもよかったのだ。

鬱屈とした感情を持て余して力なく畳の上を転がる。しばらくそうして時間を過ごしていると、がらりと玄関の引き戸が開いた。

「にいちゃん！」

喜色満面、やっと帰ってきた兄を迎えようと大慌てで玄関に向かう。

そうして鈴音が見た先には当たり前のように、

『初めまして、お嬢ちゃん』

一匹の鬼がいた。

『あたしが見た景色では大人の女性って感じだったけど、まだちっちゃいのねぇ』

玄関先に鬼がいる。非常に違和感のある光景だが、鬼女には大して気にした様子もない。じろじろと鈴音を見回して観察している。

『でも安心して。あたしの〈遠見〉は正確よ。今に鈴音ちゃんは、とても綺麗な女性になるわ。ここのお姫様なんて比べ物にならないくらいね』

「……おばさん、誰?」

妙に馴れ馴れしい鬼女だがこちらの名前や白夜のことまで知っているのは、つまり下調べは済んでいるということ。それだけでも怪しい輩だ。いきなり現れて好き勝手に振る舞う鬼を警戒して、鈴音はじりじりと後ろへ退いた。

『誰がおばさんですって……くらいは言うところでしょうけど、お嬢ちゃんから見たら百年以上生きてるあたしは十分おばさんよねぇ。これでも、あいつよりは若いんだけど――』

愉しげにくすくすと笑う鬼女は、人ならざるあやかしだというのに奇妙なくらい邪気がない。こちらに危害を加えようとはせず、喋る調子もやけに軽かった。

そのせいだろう。鬼を相手にしているというのに、警戒こそすれど逃げ出そうという気にはならなかった。

『ねぇ、お嬢ちゃん。あたしが何者だか分かる？』

「鬼……」

『そう、貴女と同じ。あたしたちは仲間よ』

「違う。すずは……人だもん」

そうありたいという気持ちを込めて嘘を口にする。鬼だからこそ、父に虐げられた。鬼だからこそ、友達と一緒にいられなかった。人ではないことなんて、とうの昔に受け入れていた。けれど人であると思いたかった。鬼であってもいつも傍にいてくれた、いつだって守ってくれた兄のために、そうありたいと願った。

『そう……お兄さん思いのいい子なのね』

馬鹿なことを言っていると自分でも思う。なのに鬼女は嘲るような真似はせず、漏らす吐息も温かい。

「えっ？」

『だって、人でありたいと願うのはお兄さんのためでしょう？　貴女がそう思えるようにこれまでお兄さんが守ってきたのなら、それはとても凄いと思うわ』

「……うん！」

思わず返事が弾んだ。

怪しいのは間違いなく、何らかの企みはあるのだろう。集落にとっては敵以外の何者でもない。だけど誰からであれ、大好きな兄が褒められるのは嬉しかった。

『そんなにお兄さんが好きなのね』

「……にいちゃんはね、すずのすべてだから」

軽やかに語られた心の内には、幼さに見合わぬ重さがある。比喩ではない。鈴音にとっては掛け値なく甚太が全てだった。

『ちっちゃくても女の子ね』

そこに込められた意を察したのか、神妙な面持ちで鬼女は俯く。ただ、それも一瞬。顔を上げた時には先程の暗さは微塵もない。鬼女は意図を隠すような張り付いた笑みを浮かべ、軽薄さを保ったままでいる。

『でもね、そんなお兄さんを傷付ける人がいるの。お兄さんのために貴女の力を貸してくれないかしら』

「すずの力?」

『ええ、少し付いて来てくれるだけでいいの。大丈夫、鬼は嘘を吐かない。決して貴女に危害は加えないわ』

自分に力を貸してくれと差し出された手。鬼ではあるが女性の手だ。ほっそりとした綺麗な指に削がれた警戒心が蘇る。

「行かない」

『なぜ？』

「すずに危害を加えなくても、にいちゃんに対しては分からないから」

拒否されるのは想定のうちだったのだろう。どうすれば信じてもらえるのかも、鬼女はちゃんと考えて準備してきていた。

『そう……じゃあ、これでどう？』

口の端を吊り上げ差し出した方とは反対の手、伸ばした人差し指の先で鈴音の額にそっと触れる。

いったい何を……と慌てる暇もなかった。触れた指先から伝わる熱と同時に流れ込んでくる何か。それは頭の中で形を作り、一つの映像となって網膜に焼き付けられる。あまりに非現実的なその光景に、鈴音は悲鳴さえ上げることができなかった。

脳裏に映ったのは、兄以外の男の前で自ら着物を脱ぐ白夜の姿。

とっさに弾かれたように鬼女から離れる。しかし、思考は鮮明に映し出された、よく知る女性のふしだらな行為に搦め捕られていた。白夜は自ら兄ではない男に体を開こうとしていた。男の姿は、鈴音もどこかで見たことがある気がした。

わなわなと震える。信じられない、信じたくなかった。

「なに……今の」

『私の力は〈遠見〉。今のはその応用よ。自分の見た景色を、ほんの一瞬だけど他の誰かに見せることができる』

「そんなの聞いてない！　あれは、あれ、は……」

『勿論、幻覚なんかじゃないわ』

鬼女は嘲笑と共に語る。お前が見た光景は、兄の想い人が他の男と不義を交わそうとする姿は掛け値のない真実なのだと。

「嘘……」

『信じられない？　なら確かめに行きましょう』

変わらず手は差し伸べられたまま。

鈴音は迷った。迷ってしまった。

鬼女は嘘を吐いているのかもしれない。白夜が、幼い頃を共に過ごした白雪がそんな真似をするとは思えない。けれど、もしかしたら……。刻み込まれたわずかな疑念。兄が関わることだからこそ、不安や焦燥は火傷のようにじくじくとした痛みを伴う。

『お兄さんのためよ』

結局のところ彼女にとっては、
それだけが全てで。

「にいちゃんの……」

戸惑いはあったが、鈴音が迷っている間、鬼は一度もその手を引っ込めなかった。

だから迷いながらも自然とその手を取っていた。

今まで手を繋いでくれたのは、兄だけだった。


迷いながらも兄のために手を取る鈴音の姿を見て、鬼女は少しだけ後悔した。

『もし人と鬼が、みんな甚夜くんと鈴音ちゃんみたいになれたなら。あたし達もこんなことをせずに済んだのかもね』

社の本殿、御簾の奥に白夜はただ立ち竦んでいた。

既に辺りは夜の帳が下りて、社殿に置かれた行灯の光だけが座敷を照らしている。

日が落ちて随分経つ。しかし、甚太はまだ帰ってこなかった。

「甚太……」

いくら彼の強さを知っているとはいえ不安が拭えない。もしかしたら不覚を取ったのではないか。動けない状態にいるのではないか。そう思うと居ても立ってもいられず、とはいえできることなどあるわけもなく、呆然と立ち尽くし視線をさ迷わせる。

ふと目に映ったのは御神刀の夜来だった。意識もせず手を伸ばし、通常の刀よりも重量のあるそれをゆっくりと鞘から引き抜いた。

鈍色の刀身は肉厚で行灯の光を映している。意味のない行為ではあったが、武骨な輝きに多少はざわめきも落ち着いたような気がした。

夜来は、そもそも古い刀匠が妻のために造ったものだとされている。刀匠は初代のいつきひめ「佳夜」の父。葛野でも随一の鍛冶師で、自身の打った最高の刀を妻へ贈ろうとしたそうだ。しかしながら完成よりも早く妻は逝去してしまった。結果、担い手を失くした夜来は御神刀として社に奉納され、以後は娘である佳夜とその子孫が大切に守り今に至るのだという。

愛する妻へ渡せなかった贈り物。真偽は定かではないが、いつの時代にも悲恋というものは存在するのだと思えば、ささやかながら慰めにはなるかもしれない。

下らないことを考えるものだと白夜は独り自嘲した。格好をつけて彼と決別したくせに、なんて未練がましいのだろう。ざわめく心を抑え、刀を再び元の場所に戻す。後には溜息しか出てこなかった。

「よう」

しばらく何をするでもなく時を過ごしていると、乱雑に御簾が開けられた。そこにいたのは甚太よりも少し小柄な整った顔立ちの男。もう一人の巫女守にして、いずれは夫となる相手である。

「清正……どうしたの？」

胸の痛みを誤魔化し普段通りを演じる。

どうやら上手くできたらしい。特に気付かれた様子はなかった。

「いや、護衛っつっても今日は集落の男が社についてるから暇なんだ。退屈だから相手をしてもらおうと思ってよ」

清正は巫女守だが、いつも砕けた調子で話しかけてくれる。甚太に対する態度は何とかして欲しいと思うが、こういうところはそんなに嫌いではない。

「相変わらずね。今日は何？　新しい本？」

気遣ってくれているのだろう。そう思い胸中の不安を隠して微笑むも、反応は想像したものとは違った。唇を噛み顔を顰めたかと思えば、ほの暗い視線を向けてくる。

「そうじゃねぇよ」

乱暴に肩を掴まれ、力任せに壁際まで押し込まれてしまう。

一瞬、何をされたのか分からなかった。こちらの動揺などお構いなしに体を寄せてくる。吐息がかかるほど近くなった距離の意味に気付かぬはずがない。

「やっ、やめ」

逃げようともがくが、両の手首をしっかりと握り掴まれ上方で固定されてしまった。

清正の口元がいやらしく歪む。

「未来の夫が『相手をしてもらう』って言ったら、当然こういうことに決まってんだろ」

片手で拘束したのは、残った方を自由に使うため。ごつごつとした男の手で肢体(したい)をいじられる。

清正のことは決して嫌いではない。なのに気持ち悪い。触れて欲しくない。ああ、違う。あの人にだけ触れてほしかったから、心を踏みにじるような無遠慮な手つきがひどく不快だった。

「な……こんな時に何を」

「こんな時だからだよ。甚太がそこいらの鬼に負けるわけねぇだろ。心配するだけ無駄だ。あいつはあいつの役目を果たすんだから、俺は俺の、そんでお前はお前の役目を果たさねぇとな」

びくりと体が震えた。

役目とはつまり、子を成すことを指しているのだろう。清正との婚姻は次代のいつきひめを産むための政略。だから「こういうこと」も織り込み済み、覚悟はしていた。

「それは」

「最初っから、お前だって分かってたんだろ」

そうだ、最初から分かっていた。分かっていて婚姻に同意したのだ。だけど何故、今なのか。彼の無事を祈ることさえ自分には許されないのかと、そう思ってしまった。

初めに裏切ったのは自分だ。あるいは想うなど罪深いことなのかもしれない。だとしても彼が命懸けで戦っている最中に他の男と肌を重ねる、そんなはしたない女ではいたくなかった。

「やめてよ……お願い。せめて甚太の無事が分かるまでは」

「俺はむしろ、あいつのために言ってんだけどな」

必死の懇願を清正が鼻で嗤う。

「じゃあ聞くが、それでいいのか？　子を作るのは決定事項。だが、お前はいつきひめ。何をするにも護衛が傍に控える。当然、俺とお前が夫婦になって正式に同衾する時も護衛はいるわけだが、その時は誰が付くんだろうなぁ」

心の軋む音を聞いた。

清正と閨を共にして子を孕む。それは既に集落の総意である。加えてその指摘は正しく行為の際も護衛は必要であり、その時に控えているのは……。

──ああ。なら、やっぱり俺は、巫女守としてお前を守るよ。

間違いなく彼なのだ。

「あ…ああ……」

決意はあった、覚悟もあった。しかし想像力が欠けていた。彼以外の誰かと結ばれる未来は想像しても、彼の前で誰かに抱かれるなど考えてもいなかった。

白夜の顔から一気に血の気が引いた。いつきひめとしての所作など忘れ、ただの白雪に戻ってしまっていた。

「まっ、お前があいつに喘ぎを聞かせたいってんなら別にいいけどな。もしかして、そっちの方が興奮する性質か？」

「っ、貴方は」

「だから言ったろ。こんな時だから、なんだよ。あいつがいなくて護衛の必要のない今がいいんだ……うまくいきゃ、一晩で済む」

諦めにも似た気怠い訴え。いつの間にか好色そうなにやつきが消えている。代わりに顔に浮かんでいるのは、痛みに耐えるような苦渋の念。

「清正？」

「お前だって、そっちの方がいいだろ。まぁ、決めんのはお前だ。好きにしろよ」

意味が分からなかった。無理矢理襲いかかっておきながら、明らかに彼はその行為が不愉快だと苛立ちを覚えていた。

白夜とて鈍くはない。自惚れでなければ、清正は好意を向けてくれている。少なくとも憎しとは思っておらず、甚太に対する棘もその表れ。だからこそ今回の婚約だって推し進めてきたのだろう。だというのに、まるで「そういう関係になる」ことを忌避するような振る舞い。

清正の意図が読めない。心を覗こうと見詰めても、瞳の奥は靄がかかっていて何も汲み取れない。

だが、一つだけ分かっていることもある。粗雑に迫られ嫌悪もしたが、彼が語るのは紛れもない真実だ。先延ばしにしても、いずれは清正と肌を重ねなければならないことも。閨を共にする時の護衛が甚太になることも。……それに白夜が耐えられないことも。すべて真実だった。

「……放して」

「おう」

逃れようともがいていた体からは、すっかり力が抜けていた。もう抵抗する気はないと悟ったのだろう。清正は素直に拘束を解く。

「悔しいけど、貴方の言う通りだね」

柔らかな語り口には、しかし感情が乗り切らない。

「私は葛野のために、この道を選んだ。なら、そこから逃げちゃいけなかった。……今日は丁度よかったのかも」

それでも選んだ道なのだと、葛野のためとあえて口にする。なのにどれだけ自分に言い聞かせても、あのぶっきらぼうな声がまだ聞こえている。

(済まなかった、白雪。もう少し気遣うべきだった)

淡々と、けれどいつも大事に想ってくれていた。

(……お前の強引さには敵わん)

いつだってわがままを受け入れて、裏にあるものを見逃さず寄り添ってくれていた。

(その時には、俺がお前を守るから)

自らの想いを捨てて巫女として生きると決めた。そんな幼い愚かな誓いを彼だけが尊いと、美しいと言ってくれた。

そして、幼い頃に交わした叶わなかった約束を思い出す。

「やだなぁ……私って、こんなに」

こんなに彼が好きだったんだ。

今さらながらに思い知る。震える心を辿ればいつも彼の姿がある。何を思い出したって、あの不器用な優しさが。それくらいに甚太との日々は白夜の、白雪の全てだった。

けれどもう戻れない。

「だけど」

するり。寒々しいまでに静かな本殿では、衣擦れの音がやけに大きく聞こえる。すると緋袴が落ちて、次いで白衣に手をかける。たたむのも億劫だ。そのまま畳敷きの座敷へ放り投げる。順々に脱ぎ捨て、身に着けているものは襦袢のみとなった。

華奢で繊細な肢体が襦袢越しに薄らと透けている。

「閉じ込められることが私の役割だから」

巫女であることからは逃げられない。巫女であることを尊いと言ってくれた彼の想いを裏切るような真似だけは、何があってもできない。

「ありがとう、清正。気を遣ってくれたんだよね」

葛野のために一番大切なものを切り捨ててきた。ならば、これは受け入れなくてはならないこと。こういう状況を作った清正には感謝せねばなるまい。

白夜は静かに微笑んだ。心の内は揺らぎや後悔など微塵もなかった。

「なんで、お前らは……」

全てを受け入れると示した白夜を見る清正の顔は、ひどく歪んでいた。卑しいものではない。痛みをこらえる子供のような頼りなさ。とても女に襲い掛かった男のする表情ではなかった。

「違う、違うんだ、俺は……俺はただ……俺が望んだものは」

あやふやな感情を吐き出すように何事かを呟き続け、言葉をなくした後には嗚咽だけが残る。

清正の心中は汲み取れない。けれど縋るような、許しを請うようなその姿に白夜は困惑しながらも手を伸ばし——

『ああ、よかった。ぐっどたいみんぐってヤツ？』

突如、差し込んだ冷たさに動きを止められた。

背筋が凍った。振り向けば薄暗い社に浮かび上がる影。

気付かなかった、いつの間に侵入したのか。社の隅に女が一人、くだらないものを見るような眼で白夜達を眺めている。

『実際あれよねぇ、あの子も報われないわ。命懸けで戦ってるのに、その裏で想い人が他の男とよろしくやってるんじゃね』

泣き崩れそうになっていた清正が一度目元をこすり、表情を引き締める。座敷にあった夜来を手にすると白夜をかばうように前へ出た。

「何者ですか」

多少衣を直すと、白夜は気丈に振る舞い眼前の女を睨め付けた。それが滑稽だとでも言うかのように女がせせら笑う。

『想い人以外の男に股を開こうとしていたあばずれが、何を格好つけているのかしら。見ればわかるでしょう、お姫様』

三叉の槍を支えにして立つ、雪輪をあしらった藍の着物をまとった女。その肌は青白く目は鉄錆の赤をしていた。

「鬼……やっぱり白夜が狙いってわけか」

懸念は的中していた。甚太を葛野から引き離し、その隙にもう一匹の鬼がいつきひめを襲う。おそらくは端(はな)からそれが目的だったのだろう。

しかし、その考えはすぐさま否定される。

『ちょっと違うわね。お姫様はここで死ぬ、でもそれはあくまでもついで』

鬼女は酷薄な態度を崩さない。表情こそ笑っているが、赤い目には侮蔑(ぶべつ)がありありと映し出されていた。

『にしてもコトに及ぶ前でよかったわ。さすがにそこまでいくと、この娘に見せるわけにはいかないものね』

「この娘……？」

白夜は鬼女の要領を得ない喋り方に戸惑い、わずかに顔をしかめた。

いったい何を言いたいのか。先程から訳の分からないことばかりだ。けれど「この娘」とやらが誰を指しているのかだけは、すぐに分かった。問おうと思ったその時には、鬼女の陰から幼子がゆっくりと姿を現していたからだ。

「すず、ちゃん……？」

がん、と頭を殴りつけられたような気がした。

鈴音の登場は、それほどの衝撃だった。なんでこの娘がここにいるのか。何故鬼と一緒に。もしかして鬼をここまで手引きしたのは……。この娘は鬼の血を引いているが、まさか、そんな。ぐるぐると思考が巡る。

「ねぇ、姫さま。なんで?」

多くの疑問をぶつけようとして、しかしそれよりも早く鈴音の方が問う。

「にいちゃんは命懸けで戦ってるよ? 葛野の皆のために、すずのために。でも、本当は……一番、ひめさまのために。なのになんで?」

眼差しは、あどけない容姿には見合わないほどの蔑みに満ちていた。冷たい、汚物を見るような濁った眼差し。だから分かる。この子は、白夜を心底下劣な女だと軽蔑し切っている。

何か言わないと。

できるだけ普段通りの語り口に聞こえるよう、精一杯自分を取り繕う。

「私は役割を果たすために、清正を夫に迎えるの」

情けない台詞だった。

馬鹿らしい、そんな戯言がいったい何になるというのだろう。

事実、意味はなかった。

鈴音が目を見開き清正の姿を確認する。瞬間、昏い光が灯り、もう一度白夜の方を向いた時には、宿る感情は侮蔑を超えて憎悪へと変貌していた。

「なに……それ。にいちゃんが命懸けで戦ってるのに、他の男の人と寝るのがそんなに大切なの？」

「ちがっ……」

否定しようとして口を噤む。放たれる圧力が大きくなった。未だ幼子の域を出ない女童に、この場にいる誰もが気圧されている。

「姫さまは、にいちゃんが好きなんだと思ってた。でも、本当は男の人なら誰でもよかったんだね」

「違うっ」

それだけは絶対に違う。彼を裏切ってしまった。でも、この想いだけは否定して欲しくないと、戦きながらも白夜は必死に喉を震わせる。

「じゃあなんでっ」

鈴音もまた感情を抑えることなく吐き出す。叫びは引き裂くように苛烈で、なのにどこか弱々しい。憎悪に目を濁らせながら痛苦に喘ぎ、少女は今にも泣き出しそうだ。

「なんで姫さまは。私は、何のために……」

隠していた本音が溢れ出す。

「幸せならって、そう思ってた。どれだけ辛くても苦しくても、にいちゃんと姫さまが結ばれたなら心から祝福したっ」

語る内容にはまとまりがない。取り出した感情をそのままぶつけるような、粗く拙い想いの吐露だ。

「それで、にいちゃんが幸せになれるなら。そう思えばこそ、あの人の手が他の誰かに触れたって耐えられた……なのに、なんでっ」

震える肩に、噛み締めた唇に鈴音の真実が滲んでいた。

「すずちゃん……」

白夜はようやく理解する。

同じ女なのに、同じ人を見ていたのにずっと気付けなかった。この娘は多分、最初から自分と同じ気持ちだったんだ。でも、そんな素振りは決して見せなかった。妹として兄に甘えることはあっても、男女のそれを匂わせるような甘さではなかった。無邪気な振る舞いの裏にある意味を見過ごしてきた自分が許せない。

「そっか。すずちゃんはずっと、甚太の妹でいてくれたんだね」

鈴音が鬼の血を引いていると知っていた。成長しないのは鬼だからなのだと、分かったつもりになっていた。しかし、その考えは間違いだった。鈴音は鬼だから成長しなかったのではない。多分、この娘は鈴音だからこそ成長しなかったのだろう。外見が昔のままでも中身まで幼いわけではない。なのに、この娘は「幼い妹」であり続けた。自分を「すず」と呼んでことさらに幼く振るまい、成長を止めてまで甚太の妹という立ち位置に甘んじた。

　今ならその意味が分かる。

　彼女は本当に彼が好きだったのだ。だから妹でいることを選んだ。自身の想いを押し込めて兄妹という枠からはみ出ないように気遣い、甚太と白夜が結ばれる未来を願っていてくれた。他ならぬ兄がそれを望んでいたから。嫉妬だってあったはずだ。でも、白夜が相手ならばきっと幸せになれる、そう思えばこそ兄のために、彼の願いを邪魔しないように女ではなく妹として無邪気に笑い続けてきたのだろう。

「貴女なら、まだ我慢できると思って、なのに……っ」

　なのに裏切ってしまった。

　少女の願いを、愛しい人との未来を、全て捨て去って白夜はここに立っている。

　引き返す道はどこにもない。

「ごめんね。何と言われても、この生き方だけは曲げられないの」

　母が守り抜いた、彼を受け入れ育ててくれた葛野の地を今度は自分が守るために。愛しい人を裏切り幼馴染の気遣いを踏みにじり、いったい何をしているのか分からなくなってくる。けれどここで変節してしまえば、それを尊いと言ってくれた彼の想いを汚してしまう。

　そうだ、生き方は曲げられない。

何もかも駄目にしてしまったが、甚太のことだけは捨て切れなかった。

「私はいつきひめ。もう、他の何者にもなれない」

白夜は思う。愚かな誓いを掲げた不義理な女を、彼は美しいと言ってくれた。ならばたとえ結ばれることはないとしても、せめて最後まで彼が好きになってくれた自分でありたい。それだけが恋い慕う者へと示せる唯一だと信じている。

「火女として葛野のために生きる。それだけが、彼の想いに報いる道だと思うから」

そこには揺らがぬ決意があって。しかし、なにより、それがいけなかった。

「なにそれ」

葛野のために──その一言を聞いた瞬間、鈴音の顔付きが変わった。

「私の欲しかったものを全て手にしておきながら、それをどうでもいい誰かのために捨てる？　よくも、そんなことを……」

甚太のためではなく葛野のために。その物言いこそが癪に障ったのか、ぴたりと鈴音の震えが止まった。かきむしるような乱雑さで右目の包帯を取り払ったかと思えば、露わになった赤い瞳が白夜を射貫く。

「はっ、あははっ。どれだけ馬鹿にすれば気が済むの」

色々なものを諦めてきた鈴音からすれば、他者のために幸福を捨てる白夜の生き方は富める者の傲慢にしか映らなかったのだろう。その上、捨てるものが大好きな兄なら、なおさらに許せるはずがない。

「私は……」

「いい加減、その不愉快な口を閉じろ」

幼さを感じさせない酷薄な一言に弁明も封じられる。もはや鈴音からは、どす黒いまでの情念しか読み取れない。

――憎いと。ただ憎いと。殺したいほど憎いと。殺すでは温い。臓物を引きずり出し目玉をくり貫き脳髄をぶちまけ死骸をすり潰しその魂を焼き尽くし。それでもなお、飽き足らぬ程に。

ただひたすらに白夜が憎いと、声に出さずとも赤い瞳が語っていた。

『ね、私の言った通りだったでしょう。このお姫様は悪い女なの。だから、お兄さんのために頑張りましょう』

今まで黙していた鬼女が鈴音の耳元で囁いた。人の心の隙間につけ込むのは、いつの世も変わらぬあやかしの業だ。

「聞くな鈴音ちゃん」

『あら、間男が何か言っているわ』

「お前っ……」

どれだけ訴えようが清正の叫びは届かない。鈴音は視界に入れるのもおぞましいとでも言うかのように、目を向けることさえしない。

『鈴音ちゃん、許せないわよね？』

その分余計に、鬼女の囁きに没頭していく。甘く優しい語り口は、まるで毒のようだ。

幼い鈴音は鬼女の思うがままに誘導される。

『あなたの大好きなお兄さんに想われてるくせに、他の男と寝ようとする売女なのよ。裏切って傷付けて、でも、あの女はのうのうと守られるの。何も知らずに戦うお兄さんを陰で嗤いながら』

誘導されたとしても、抱く憎しみは紛れもなく鈴音の内から生まれたもの。目に宿る憎悪の灯は誰の目にも明らかだった。

『ま、お兄さんは真実を知ったとしてもお姫様を守るんでしょうけど。そこら辺は鈴音ちゃんの方がよく分かってるでしょう？』

そうして鬼女が、とどめを刺しにきた。

『考えましょう、お兄さんのために何ができるのか』

「なにが、できるのか」

『ええ、あんな糞みたいな女のために、お兄さんが傷付くなんて嫌でしょう。なら、考えないと。お兄さんにとって一番の選択はなにか』

わずかな逡巡もなかった。

憎しみの汚泥に浸かり切った鈴音は、いとも容易く答えを導き出す。

『こんな女、いなくなればいいと思わない？』

それに気付いた時、幼子は幼子ではなくなった。

「え……」

漏れたのは誰の驚愕だったろう。突如の変化に白夜達は戸惑いを隠せない。ほんの数秒前までは幼い娘の姿をしていたのに、瞬きの間だけ黒い瘴気が鈴音を隠したかと思えば、次の瞬間には見知らぬ女がいた。

女は眼を伏せたまま、だらりと力を抜いて立つ。赤茶がかっていた髪は緩やかに波打つ眩いばかりの金紗に代わり、踵にかかるまで伸びていた。年の頃は十六、七といったところか。身長は五尺ほどになり、まだ少女と呼べる外見でありながら豊満な体つき。まるで瘴気をそのまま衣に仕立て直したような、淀んだ黒衣をまとった女は気怠げにゆっくりと顔を上げる。うっすらと開いた瞳は、血染めの緋色。細い眉と鋭い目付きが冷たい印象を抱かせる、刃物の鋭利さを秘めた美しい女だった。

「すずちゃん、なの？」

答えは返ってこなかったが、彼女が鈴音であることは理解できた。髪の色は違うが顔立ちには面影が残っている。順当に成長していたのならば、おそらく今のような美しい娘になっていたのだろう。

「ねぇ、姫さま」

名の通り鈴の音を想起させる澄んだ響き。涼やかな風のような心地よさに、白夜は一瞬だが心を奪われたことに気付く。語り口は幼いまま。無邪気なまま鈴音は軽やかに言の葉を紡ぐ。

「……死んで」

緋色の宝玉がゆらりと揺れる。もはや右眼だけではなく両の瞳が赤く染まっていた。

「白雪っ……」

『あーら駄目よ、色男さん。女の喧嘩に男が出ちゃ』

清正が飛び出すが、それより早く鬼が動く。舌打ちと共に清正が宝刀夜来を構えた。鍔に手をかけ鯉口を切り、一気に抜刀し……。

「え………」

が、刀が抜かれることはなかった。刀身は鞘に収められたまま。清正が焦りながら、なんとか抜刀しようとがちゃがちゃと音を鳴らす。

致命的な隙を鬼が放っておくわけがない。茫然としている清正に向かって、鬼女が左足を軸にして体を回し脇腹に蹴りを叩きこんだ。

「ぐぁっ……」

清正の体が宙を舞い、座敷から本殿の板張りの間まで簡単に吹き飛ばされた。

だが、苦悶の表情を浮かべながらも清正はすぐに体を起こす。

『へぇ、意外と頑張るじゃない。でも、あなたでは無理よ』

心意気では覆せぬ差というものがある。間合いを詰めた鬼女は清正の右腕を掴み、ありえない方向へと力を込めた。

「いあ、いぎゃあ⁉」

ぼきり、という音と共にへし折れたのは骨か心か。清正が激痛に膝から崩れて倒れ込めば、鬼女が間髪をいれず腹をつま先で蹴り上げる。なす術もなく無様に床へ転がされた。今度は立ち上がることはできなかった。

何もできないでいる清正を尻目に、鬼女は無造作に転がっていた夜来を拾い上げる。興味から刀を抜こうとしたようだが、やはり鞘が音を鳴らすだけで終わった。

『おかしいわね。あたしじゃダメなのかしら。もしかしたら選ばれた者にしか抜けないとか、そういうヤツ？』

ぶつぶつと訳の分からないことを言いながらいじくり回し、飽きたのか諦めたのか鬼女はそれを鈴音に投げ渡す。

『はい、お嬢ちゃん』

鈴音が雑に掴み取る。表情は変わらない。ただ冷たく、意を問うように視線を鬼女へ向けた。

『せっかくだから、それを使ってあげなさい。私が見た通りなら、多分貴女は使えるはずだから。自分が今まで崇めてきたモノで殺されるなら、お姫様も本望でしょう』

それじゃ、あたしはこの子を外に捨ててくるわ。二人っきりにしてあげる。

そう言って鬼女は清正を担いだままどこかへ行ってしまった。

舞台はこれで整った。

社に残された二人。

鈴音が鞘に収められた夜来を見ながら不穏な呟きを落とす。

「……面白そう」

しなやかな指が武骨な太刀の柄に触れる。さほど力を込めずとも夜来は抜き身を晒し、白刃が光を放つ。瞬間、立ち眩みを起こしたようにゆらりと鈴音の体が揺れた。口の端は憎々しげに、けれどどこか嬉しそうに吊り上がる。誰かを傷つける手段を手にしたせいで殺意が明確になったのだろう。一歩一歩、ゆっくりと近付いてくる。その歩みが、白夜には真綿で首を締めるように感じられた。

「すずちゃん……」

白夜は怯えていた。

この娘は、かつては同じ屋根の下で暮らしていた幼馴染は自分を殺そうとしている。

恐怖を覚えるのは迫り来る死に対してではない。いつきひめになると決めたその日から、既に命など捨てている。心が慄（おのの）くのは死が迫るからではなく、殺そうとにじり寄るのが彼の妹だからだ。甚太と白雪と鈴音。三人はいつだって一緒で、本当の家族だったはずで。なのに、この娘が向ける憎悪は紛れもなく本物だった。

それが怖い。かつて信じた美しいものが何の価値もなかったのだと言われたような気がして、たまらなく怖かった。

「じゃあ、姫さま」

立ち止まった鈴音は、蔑（さげす）みに満ちた目で白夜を見下す。

そのまま切っ先を突き付け。

にぃっ、と。鬼となった女は嗤（わら）った。

「さよなら」

8

意識が混濁している。

何かが混じって、濁っている。

自分が自分でなくなるような錯覚。溶け込んだ何かが急き立て責め立てる。熱くて冷たく整然とばらばらに。飛び散った自己は形にならない。

『人よ、何故刀を振るう』

誰かが囁いた。

返す答えは他がために。守りたいと思えるものがある。だから刀を振るってきた。それは紛れもない本心だ。なのに誰かは、ただ憐れみを注ぐ。

何故そんな眼で、お前は見るのだ。

『許せよ、我らは宿願のためにお前達兄妹を利用する』

待て、それはどういう意味だ。

『せめて餞別をくれてやる。必要になる時も来るだろう』

お前は何を言っている。

問い詰めようにも今の自分には体がない。声は出せない手も動かない。ただ、己だけが波間で揺れる。

結局、その誰かは何も言わず黒い光の中へ消え去った。

何を告げたいのかは分からなかったが、そいつの意思が、存在が、完全に自分の中からいなくなったのだということは確信できる。

そして、意識が白い闇に溶けた。


「う…あ……」

ひんやりと冷たい地面の感覚に甚太は目を覚ました。

なにか奇妙な夢を見ていた気がする。

朦朧とした頭を振れば意識がはっきりしてくる代わりに、夢の切れ端もどこかへいった。所詮は夢、そんなものだと重い体をどうにか起こして立ち上がる。

「ここは」

見回せばそこは光のない洞穴。鬼が用意したであろう数本の松明からは火が消え、辺りは暗闇に包まれている。だが、相変わらず卵の腐ったような気色の悪い臭いが漂っているため、そこが洞窟の中だと容易に知れた。

「なんとか生きている、か」

次第に目も慣れ、改めて周囲を見渡すが鬼の死骸は既にない。首を掴んでいた腕もだ。

どうやら、こちらの息の根を止めるよりも早く鬼は絶えたらしい。おかげでこちらは命が繋がったようだ。

「そうだ、鈴音……！」

安堵も束の間、脳裏を過る鬼の遺言。奴らの狙いは白夜ではなく鈴音だ。

まずい、急いで戻らなければならない。大切な妹を守るのもまた、自身が刀を振るう理由だ。

体は無傷でどこにも痛みはなかった。これならもう一匹の鬼を相手にするくらいはできる。刀を失ってしまったが、それは後で考えればいい。今はただ葛野へと向かわねばならない。

嫌な想像に急き立てられて、甚太は葛野への道を戻る。

明かりの消えた洞穴の中でも何故かうっすらと周囲が見えている。

自分が無傷なことにも、なんの疑問も抱かなかった。

森の奥、湿った土を踏み締め葛野へ続く獣道をただ走る。

日没は随分前のようで、木々の切れ目の向こうでは星が瞬いていた。どうやらかなり長い時間、気を失っていたらしい。自分の迂闊さに嫌気がさして下唇を噛む。

鈴音は無事だろうか。今宵は白夜を警護するために集落の男達が社についている。逆に言えば、社以外は手薄になっているはずだ。嫌な予感が拭えない。

「無事でいてくれ」

祈り、ひたすらに走る。その速度は自分でも驚くほどだった。息も切れず疲れもない。体は未だかつてないくらいに調子がいい。

木々の間を抜け、辿り着く葛野の地。脇目もふらず自宅へ。

慣れ親しんだ集落は、薄暗くてどこか不気味な雰囲気を醸し出している。次第に藁を敷き詰めた屋根の、昔ながらの造りの家が見えてきた。

「鈴音っ！」

乱暴に引き戸を開けて草鞋も脱がずに入り込む。

だが、そこには誰もいなかった。

不安が膨れ上がる。いったい鈴音はどこへ行ったのか。家の中は荒らされた様子がない。とすれば鬼にさらわれたわけでもないだろう。ならば自分の意思で外に出た？　いや、そもそも妹はあまり外出をしない。赤い眼を、成長していない姿を見せないよう基本は家に引き籠っている。そんなあの子が、時折ではあるが行く場所と言えば……。

「社か」

思い当たったのはその程度。白夜の無事も確認せねばならない。どちらにしても、一度社へは行かねばならぬだろう。

ここからはそう離れていない。一縷の望みを託して社へと向かう。

焦りに背を押され一心不乱に駆け抜けたが、鳥居まで辿り着いたところであまりの惨状を前にして足が止まった。

「なんだ、これは……」

ごくりと息を呑む。濃密な血の臭いに立ちくらみを起こす。

社の前には十を超える死体が転がされている。引き千切られた肉、砕かれた頭蓋。見るも無残な光景に動揺を隠せない。

狭い集落だ。死骸は見た顔ばかりだった。中には、親しげにからかってきた男達の姿もあった。

集落に流れ着いた兄妹を受け入れてくれた優しい人達が、無残に肉を裂かれ血も臓物も垂れ流し、ただの物体として転がっている。

「巫女守様……」

折り重なる死骸の中に、一人だけ死の淵にありながらどうにか生きながらえた者がいた。近寄り体を抱え起こすが、生きているといっても辛うじて。腹を抉られ眼球も潰れ、なにより出血が酷い。もうわずかばかりの命だろう。

「いったい何が」

「あ、あ。す、鈴音ちゃんが」

「鈴音が？」

「鬼と」

一言。たったそれだけを残して力尽きた。

死体となった男をゆっくりと地面へ下ろし、数秒だが目を伏せ黙祷を捧げる。

甚太は地面に転がる刀を拾い上げた。鬼がこの先にいるのならば素手では話にならない。死者から物を取り上げるのは気が引けたが、新しい刀を探している時間もない。

「済みませんが、借ります。弔いはまた後で」

短い謝罪、そのまま社殿へと向かう。

目指す場所はすぐそこにあった。迫る木戸、開けるのも面倒くさい。勢いのまま蹴破り、一気に本殿へとなだれ込む。

「白雪！　鈴音！」

瞬間、目に映ったのは、床につきそうな程長い金紗の髪をした鬼女が白夜に刀を突き付けて、今にも襲い掛かろうとする姿だった。

以前に見た女とは違う鬼だったが、驚いている場合でもない。白夜のいる座敷までは約三間弱。今ならまだ間に合う。

立ち止まらず板張りの間を駆け抜ける。

「甚、太……」

ああ、もう大丈夫だ。

お前は何も心配しなくてもいい。後は任せておけばいいんだ。

今にも転びそうなくらい頼りない足取りで白夜は座敷から、鬼女から離れようとする。

手を伸ばす。応えるように白夜もまた手を伸ばした。

たった三間がこんなにも遠い。

鬼女は何故か動こうとしない。呆然と、その様を眺めている。

何のつもりか分からないが、動かないならそれでいい。

距離が近付く。あともう少しで傍に行ける。体が軋むほどにただ走る。

「白雪！」

届いた。左手で白夜の手を掴み引き寄せる。

ふわりと風が流れた。

しがみ付くように、決して離れぬように白夜の体を抱き締める。

彼女からは甘やかな香りと――ぶちり――鉄錆の匂い。

間に合った安堵に息が漏れる。

何とか最悪の事態は免れた。あの鬼が何者でどれだけの力量かは分からないが、せめて白夜を逃がすだけの時間は稼ぐ。状況は好転していないが彼女を守ると誓った。ならば己が為すは一つ。

金髪の鬼女を斬り伏せる。

眼光も鋭く睨め付け、

「消えた？」

しかし、既に座敷には誰もいなかった。いつの間に姿を消したのか、あやかしは影も形もない。

いったいどこへ。

そこまで思考を巡らせ、白夜が身じろぎさえしていないことに気付く。怪我でもしているのだろうか。抱き締める力を少し緩めて体を離し、彼女の無事を確かめる。

「あっ」

思わず固まった。

白夜の表情を見るつもりだった。なのに見ることができなかった。

腕の中にいる白夜は動かない。表情も分からない。いや、表情どころか。

「しら、ゆ」

彼女には、首から上がなかった。

「あ、あ……」

なんだ、これは。

意味が分からない。あるはずのものがない。なんでだ、間に合ったはずだろう。なのいる。

に白夜の笑顔がどこにもない。目の前は赤く染まり、頭の奥で何かがちかちかと瞬いている。

ぎしり、と背後で床が鳴った。

とっさに振り返り驚愕する。

「なっ」

消えたはずの金色の鬼女は、わずか二寸というところまで迫っていた。そこに敵意はない。鬼女はむしろ気遣わしげな眼差しを甚太へ向けていた。

「駄目だよ、そんなの持ってちゃ。汚れちゃうよ」

鬼女の右手には刀。逆手で握られたそれには見覚えがあった。

夜来。いつきひめが代々受け継いできた宝刀だ。

何故お前が——過る疑問とほぼ同時に刀身がぶれた。

多分、刀が振るわれたのだろう。確証がないのは単純に見えなかったから。あまりの速さに目で追うことさえ叶わない。視認できたのは、切っ先が白夜の胸に食い込んだ瞬間。腕に負荷がかかり手を離してしまう。

どさりと床に彼女の体が落ち、心臓に突き立てられた刀で床へと縫い付けられる。

仰向けに横たわる少女の白い肌と薄い襦袢に赤色が沁みていく。胸に突き刺さった刀は、まるで手向けられた花のようで。何度確かめても慣れ親しんだ笑顔を見ることはできなくて。

白夜が死んだ。

その事実がようやく頭に伝わった。

「嘘、だろ……」

口調からはいつもの堅苦しさが抜け、幼い頃に戻ったかのような朴訥な呟きになった。

なあに、甚太？

けれど幼い頃のようには返らない温もり。彼女は何も言わない。笑ってくれない。

仕方ないなぁ、お姉ちゃんがいないと何にもできないんだから。

そんな軽口は聞こえてこない。

もう、彼女はここにいない。

愕然とする。甚太は鬼女を前にして無防備を晒し続けていた。どれだけ愚かなことをしているのかは分かっている。なのに体は動いてくれない。白夜の死があまりにも唐突過ぎて、現実感が追い付いてこない。

「お帰りなさい。怪我はない？」

すぐ傍で、鬼女はにっこりと笑っていた。

豪奢な金の髪に、まとう衣は不吉な黒色。反して幼い子供のように人懐っこい雰囲気を漂わせている。端整な顔立ちも相まって彼女の佇まいは麗しく、その無邪気さに怖気が走る。

そう、鬼女はにっこりと笑っているのだ。

白夜の頭部を、余りにも無造作に掴みながら――

その意味を理解するより早く、無意識のうちに甚太は自分でも聞き取れないほどに荒々しい怒号を上げていた。

思考が一瞬で沸騰する。膨れ上がる感情が勝手に四肢を操り、気付いた時には鬼女の脳天を叩き割ろうと斬り掛かっていた。

「わっ」

激昂する甚太とは対照的に、敵はあまりにものんき気な様子だった。すっと右手を刀に合わせ、緩慢に思えるくらいゆっくりと横に払った。さして力を込めたようには見えない。だというのに刃は流され、体も引っ張られてたたらを踏んでしまう。

崩れた体勢を立て直して大きく後ろに退がる。

刀は折れず、腕に痺れもない。当然だ。鬼女は優しく、本当に優しく受け流しただけ。まるで戯れに伸ばされた子供の手を躱すような、そんな気安さで渾身の一刀を払いのけてしまった。

「危ないなぁ、いきなりどうしたの？」

やはり敵意はなかった。怒りも、わずかな負の感情すら。

だから知る。こいつは戦っているつもりさえもない。人が蝿や蚊に殺意を持たぬのと同じで、歯牙にもかからぬ矮小な存在を敵と扱う馬鹿はいない。

おそらく先程も消えたのではない。特別なことはしておらず、普通に走り普通に白夜の頭を引き千切った。ただ一連の動作が、甚太には視認すらできない速度だったというだけの話。鍛錬で得られる武技では埋められぬ生物としての絶対的格差。それを曇りなく見せつけられた。

だが退けぬ。

脇構えの体勢で意識を薄く研ぎ澄ませ、眼前の敵を睨め付ける。自身でも理解している。この鬼には決して勝てない。斬り掛かったところで無様に屍を晒すのが関の山だろう。だとしても退けぬ。たとえ敵わないとしてもせめて一太刀、意地を示さねば死んでも死にきれない。

決死の覚悟で一歩を踏み出そうとして、

「にいちゃん、大丈夫？　なにかあった？」

意識が凍り付く。

金髪の鬼女は、いかにも心配そうにこちらを気遣う。なにより「にいちゃん」という言葉。その呼び方に改めて姿を確認すれば、顔立ちにはわずかな面影があった。激情に曇っていた目には映らなかった明確な思慕がそこにはあった。

「鈴音、なのか?」

「うんっ」

明るく無邪気な、どこか甘えるようないつもと何一つ変わらない笑顔。それが今は辛い。妹の異常すぎる成長に疑問を持つ余裕もない。お前が鈴音だというのならば……その正体を知ったことで、甚太の頭はたった一つの問いで満たされてしまっている。

「本当に」

「そうだってば」

不満げに頬を膨らませる仕草は大人びた容貌には似合わず幼い。それは確かに見慣れたもので、だから余計に泣きたくなった。

「何故だ……」

お前が鈴音だというのなら、何故白夜を殺す必要があった。二人は仲のいい姉妹のような存在だった。なのに、どうして殺さねばならなかったのか。

「なんで、お前が白夜を」

分かるわけがない。彼が白夜を想っていたように、鈴音にも狂おしいほどの情念があったのだと。兄が全てで他の命など塵芥。その真実に気付けない甚太には、妹の行為は凶行で狂気の沙汰でしかない。深すぎる愛情から生まれた憎悪など理解できるはずがなかった。

「なんで、そんな顔するの？　すずは姫さまを殺したんだよ。もっと喜んでよ」

同じように甚太が如何な想いを抱いているか見通せない鈴音には、その反応は予想外のものだったろう。鈴音にとっての白夜は、大切な兄を傷付ける売女だった。だから殺した。これで兄を傷付けるものはいなくなり彼はきっと笑ってくれるはずだ。無邪気な子供のように、彼女はそう信じていた。

故に分かり合えない。

互いは家族として確かに想い合っていた。ただ、出発点を致命的に間違えていたのだ。

「お前は、何を言っている」

「にいちゃん、姫さまはね。他の男の人を夫にするんだって。にいちゃんのことを好きだってふうに振舞ってたくせに裏切ったの」

違う。裏切ってなどいない。

私達は——言葉にしようとして、できずに口を噤む。江戸を出てから兄妹は支え合って生きてきた。二人は、ずっと近くにいた。なのに切り立つ断崖があまりにも高すぎて声が届かない。だから言葉にできなかった。

「自分から着物を脱いで抱かれようとしてた。そんな最低な女なの。だから、にいちゃんが気に病むことなんてないんだよ」

語られる想い人の所為に臓腑が軋む。

痛みがあるのは承知の上だ。そうなると知って受け入れた。そのくらい大切だった。白雪の決意も葛野の地も、鈴音のことだって。みんな比べようもないくらい大切で、だからみんな守りたくて。なのに、どうしてこうなってしまったのか。

「もう、やめてくれ……」

「にいちゃん……」

絞り出した悲痛な嘆きに、鈴音も悲しそうに目を伏せた。

ひどいことを言わないでくれ、そんなお前は見たくないのだと。ここに至っても妹であって欲しくて、だからこそ甚太は「やめてくれ」と乞う。

けれど、鈴音は別の意味で捉える。白夜のそんな話は聞きたくないと、恋慕がまだ途絶えないから「やめてくれ」と言うのだろうと。鈴音はあくまでも甚太の気持ちを優先するため焦点が自身には合わない。お互いに想い合うからこそ、どこまでも二人は分かり合えない。

「にいちゃんは、やっぱり今も姫さまが好き？　あんなにひどい人なのに死んじゃったら悲しいの？」

何か思いついたのか、鈴音が両手を自身の胸の前で合わせて可愛らしく微笑んでみせる。苦しんでいるから少しでもその痛みを拭ってあげたい。そう語るかのような無邪気な笑みだった。

兄妹は、終わりへと至る。

「あっ、でもさ、これで姫さまが他の男の人と結婚するところなんて、見なくてもいいでしょ？」

その爛漫さに甚太は叩き伏せられた。

奪われた。そう、思ってしまった。

重ねた恋慕の情。互いが互いのあり方を尊いと感じ、不器用でもそれを最後まで守ろうと誓った。二人は誰にも侵されぬものを築き上げたはずだった。

「にいちゃんが姫さまを好きなら、他の男とくっつくよりそっちの方がいいよね？　もう死んでるから、これ以上傷付けられることもないし。そう考えたら最初から必要なかったんだよ、あんな最低の女」

その誇りを奪われた。

お前達の誓いなど、ただのおためごかしだ。本当は醜い嫉妬に塗れているのだと。彼女の決意を、美しいと感じたあり方を、正しいと信じ意地を張って貫いてきた自分自身さえ踏み躙られた。

「ねえ、そろそろ帰ろうよ。すず疲れちゃった」

どくんと、左腕が鼓動を刻んだ。

全てを否定された甚太の内側に渦巻く感情は、酷く純粋だった。純粋で透明なのに底が見えない程に昏い。混じり気のない、どろりとした冷たい激情がこの身を焦がす。

「疲れた？」

「うん。今日は、面倒なことが多かったから」

面倒なこと？

それは白夜の話か、それとも表で転がっている亡骸か。共に過ごした家族を、どこの馬の骨とも知れぬ兄妹を受け入れて鬼の血を引くと知りながら見て見ぬふりを続けてくれた、そんな温かな人々の死を、面倒なことで片付けるのか。

「私達を育んでくれた葛野の民に唾を吐き、白夜を殺し……その上で出てくる言葉が、それなのか……？」

「えっ、なにが？」

江戸を離れて流れ着いた先で得られた故郷。お前はそれを壊したというのに。

なのになんで、そんなとぼけた面ができる？　守りたかったものの全てを奪っておきながら、どうしてにこやかなままでいられるのか。

「ああ、そうか」

愛しいはずの妹。彼女の兄でありたいと、遠い雨の日、そう願った。

今も願いは変わらず胸にある。白夜と同じように鈴音のことを大切に想っていた。しかし、白夜の死を喜ぶ妹がもはや化け物にしか見えない。あの娘は本当の意味で鬼となってしまった。

「私の知っているお前は……もう、いないのか」

左腕が疼く。

これは、なんだ。熱くて冷たく、整然とばらばらに。疼きが意識を黒く塗り潰す。脈打つ左腕に引き摺られて、遠い雨の記憶さえ薄汚れていく。抑えつけても耐えきれず。抗う術はなくて、もはや胸に宿る感情はたった一つ。

――憎い。

ただ純粋に、あの鬼女が憎い。

沸き上がる憎悪だけが、今の彼には全てだった。胸に隠した思慕なぞ知る由もない。鈴音の真実を知らぬ甚太にとって、目の前にいるあれは狂気に囚われた異物。だからこそ、彼は大切な妹を憎むべきモノとして正しく憎悪する。

あれは、愛した人と家族を同時に奪った化け物なのだ。

刹那、甚太の体は躍動する。踏み込み、鬼女の首へ一閃。

ぱきん、と頼りない音が響いた。加減なく躊躇いなく命を奪うつもりで繰り出した刀は、しかし届かず真っ二つに折れていた。白くしなやかな鈴音の腕が、目にも映らぬ速度で刀身を叩き折ったのだ。

「にい、ちゃん……？」

不意打ちで斬り掛かっても、ただ不思議そうに小首を傾げるだけ。殺す気の一刀をいとも簡単に防ぐ。

やはり勝てない。勝てるわけがない。十二分に理解してもなお憎しみが心を埋め尽くす。

折れてしまった刀を投げ捨てる。武器はなくなったが戦う手段はまだある。頭ではない他のどこかがそれを知っていた。

「は、はは。無様なものだ。惚れた女を守れず大切な家族を失い、故郷を汚され自分自身さえ踏み躙(にじ)られた。私には、もはや何も残されていない……」

構えもせず、だらりと腕を放り投げる。全身に熱が巡る。しかし憎しみに満ちた心は、不気味なほどに静謐(せいひつ)だ。筋肉が骨が、軋(きし)んで鳴った。めきめきと奇妙な音をたて甚太の体が変化していく。正確に言えば腕が、である。

動揺はない。体なぞ所詮心の容(い)れ物にすぎぬ。そして心のあり様を決めるのはいつだって想いだ。揺らがぬ想いがそこにあるのならば、心も体もそれに準ずる。心が憎しみに染まれば、容れ物も相応しいあり方を呈するが真理。だから、これは当然の帰結だ。

「ああ、違うな。一つだけ残ったものがあったよ」

左腕の肘(ひじ)から先は赤黒く染まり、一回りは筋肉が発達して頑強になった。変容した甚太の腕は、あの時斬り落とした鬼のものによく似ていた。

——人よ、餞別だ。持って往け。

それは真実、鬼の腕だった。

見開いた眼は血のように、鉄錆のように赤い。

「お前が、憎い」

彼の人としての時間はそこで終わる。その身は既に一個の怪異。

甚太もまた、憎悪をもって鬼へと堕ちた。

「……えっ」

鈴音が戸惑いに吐息を漏らす。眼前の変化に理解が及ばないのか、あるいは自分を憎いという兄への疑問か。不安に彼女の瞳が揺れる。

甚太は妹の様子なぞ気にも留めず、自身の変化した左腕を見詰め納得したように一度小さく頷いた。今になってようやく分かった。何故、あの鬼が敗北しながらも「成すべきを成した」と満足げに逝ったのか。

そもそも、奴の目的は甚太を倒すことなどではなかった。

〈同化〉——その力には別の使い方がある。他の生物を己が内に取り込むことができるのならば、他の生物に己を溶け込ませることもまた可能。最後の瞬間に腕が襲いかかってきたのは、甚太を殺すためではなく自身の一部を〈同化〉させるため。おそらく、あやかしへと転じる下地作りこそが真の狙いだ。目論見通り、甚太は魂すら焦がす憎悪に呑まれて鬼へと堕ちた。

　ここに勝敗は決した。

　斬り伏せて勝ったつもりになっていた。だが、先の戦いにおいて真の勝者は甚太ではない。あの鬼を殺した時点で、彼は既に敗北していたのだ。

　なんとも不甲斐のない。息まいて鬼を討ちに行っておきながら、掌の上で踊らされた己の馬鹿さ加減に呆れてしまう。

「情けのない……だが、今はお前の餞別に感謝しよう」

　前傾姿勢。半身になって左肩を鈴音に向け、腕をだらりと放り出す。

「おかげで刀がなくともあれが討てる」

　鬼の腕に何ができるのかは既に知っている。奴は自身の力を正しく使わせるために、わざわざ語って聞かせてから逝った。鬼を喰らい、その力を我がものとする異形の腕。そして、異形の腕が現在所有する唯一の力は、

「……〈剛力〉」

　異形の左腕がさらに隆起する。沸騰する筋肉とともに蠢く腕が次第に膨張していき、急激な変化は一回りほど巨大になったところで止まった。もはや人ではない。甚太は左腕だけが異常に発達した、左右非対称の異形となっていた。

「どうしたの？　なんで……」

――そんな眼ですずを見るの？

鈴音は兄がなぜ怒ったのか分かっていない。甚太が睨み付けても、ただ戸惑っている様子だった。

白夜を殺しておきながら、悪いことだとすら思っていない。その内心が振る舞いにも透けているから彼の苛立ちはさらに募る。

「すずはただ、にいちゃんのために」

それでも鈴音は許しを請おうと考えたらしい。甚太の方へよろよろと近付き、必死に言い訳をする。

「あの売女を殺しただけで」

……憎い。なにもかもが憎くて憎くて仕方がない。

「もういい、黙れ」

縋る妹を切って捨てる。比喩ではなく、多分その時、正しく彼は何かを切って捨ててしまったのだろう。憎しみは際限なく湧き出す。鈴音もまたそれを察したのか、悲しそうに唇を噛んで俯いた。

「そっか……。結局、にいちゃんもすずを捨てるんだね。にいちゃんは、にいちゃんだけは、すずの味方でいてくれるって思ってたのに……」

張り付くような慕情。それがどうした。愛しいはずの妹の全てが煩わしく感じられる。

甚太は何も語らず、ただ眼差しを鋭く研いだ。

沈黙を返答にしたのだろう、鈴音は悲痛な呻きを発する。

「ならいい。いらない。もう何も信じない。貴方がすずを……私を拒絶するならば、現世など何の価値もない」

まとう空気が目に見えて変わり、声も聞き慣れた響きではなくなった。語り口からは幼さが抜け、低く重く、俯いたままでさえほとばしる激情が垣間見える。

鈴音は白夜の頭を無造作に投げ捨てた。

彼女もまた、一緒になって何かを捨てたのだ。

『そして、貴方にも』

顔を上げたのは、妹ではなく一個の怪異。緋色の瞳に映るのは明確な憎しみだった。

金髪の鬼女の細くしなやかな指が強張り、その爪が鋭さを増した。刃物の如く鈍い輝きを持つそれは、事実、刃物の如き切れ味を持つのだろう。

互いは互いへの憎悪を隠そうともせず対峙する。硬直はわずか数秒、鈴音の左足が板の間を蹴って駆け出し、それだけで二匹の鬼の距離は一瞬で零になった。

ひゅう、と風の裂ける音を聞く。腕を振り回し爪を立てるだけの大雑把な攻めなのに、甚太は反応はできても避け切れない。皮膚と肉を抉られる。反撃しようにも視界の中で鬼女の姿がぶれて、気付いた時には既に間合いの外だった。

速い、ただ速い。

およそ体術など意識していない粗雑な動きが、だというのに呆れる程の速さを誇る。

再度音が鳴る。肉薄して爪を振るい、すぐさま離れる。その度に甚太の裂傷は増えていく。

襲い来る凶手を甚太は避けようともしなかった。というよりも、彼にはその攻撃を避けられる程の身体能力がない。鬼となり目は付いて行くようになったが、鈴音の方が生物として格上だった。尋常での立ち合いにおいて勝機など欠片もない。

『もう、いいでしょう』

距離を取った鈴音は、貴方では私に勝てないとあからさまな憐れみを注ぐ。

分かっている、今さら言われるまでもない。元治にも白雪にも、鈴音にも。いつだって勝てたことなんてなかった。

『命を粗末にせずとも、今なら……』

「黙れと言ったぞ」

鉄のように硬く冷たく。合理なぞ端（はな）から持ち合わせていない。憎しみに突き動かされる心が望むは一つ、苦悶に喘（あえ）ぐ仇敵の面だけだ。

『そう……なら、いい』

悲痛に、憎悪に、歪む形相。今度こそ意思を固めたのだろう。鈴音が脇目も振らず一くる。

直線に疾走し、濃密な殺意で甚太を射貫く。高く掲げられた腕を勢いに任せ叩きつけて

鬼女の爪が胸元を抉ると鮮血が宙を舞うが、命には届かない。左足を大きく引いた分、傷は浅く済んだ。

わずかな空白も許されず至近距離からの追撃が来る。まるで獣だ。今迄より速度を増した一撃。今度は避けられない。

それでいい。

爪が腹に食い込む。激痛に襲われ……構うものか、織り込み済みだ。そもそも初めから彼には攻撃を躱す気などなかった。先程爪を避けられたのは偶然、押し引きが意図せず重なっただけ。元より逃げることなど考えていない。足を引いたのも回避ではなく攻撃のため。左腕を引いて腰を捻り、足は床をしっかりと噛む。

人であった頃ならば、鬼女の一撃で無残に体は引き千切られてそのまま死んでいただろう。しかし鬼となった今、この身は以前よりも遥かに屈強になった。爪は皮膚を裂き臓器に達したが、かろうじて繋がっているしまだ動いている。突き刺さった爪が臓物や筋肉に搦め捕られ、ほんの一瞬だが鈴音の挙動が鈍る。だから躱す気などなかった。どんなに速くても、止まった相手ならば確実に当てられる。

この瞬間をこそ待ち侘びていた。

『……っ』

気付いたか。間合いを離すために後ろへ退こうとして、だが無駄だ。追いかけっこならお前が速いが、この瞬間に限ればこちらが一手早い。

「がぁっ」

血を吐きだしながらの短い咆哮。踏み込めば板張りの床が割れた。

甚太の赤錆の目は金髪の鬼女を捉えている。異形の左腕が唸った。〈剛力〉によって肥大化した膂力、その全てを余すことなく拳に乗せて忌むべき怪異の鳩尾へと叩き込む。

めきょっと嫌な感触を味わう。

皮膚を破り肉を裂き臓器を潰し、背骨まで到達する衝撃。

鈴音はいとも容易く吹き飛ばされ、夜来が安置されていた神棚へと突っ込んだ。逃げるどころか防ぐこともできなかった。

あるいはどんなに怒っていたとしても、兄が本気で殴ることなど想像さえしていなかったのかもしれない。

社殿の奥で埃が舞い上がるが、一寸たりとも視線は外さない。化け物は無様に転がっている。十二分に手応えはあった。にもかかわらず命には届かなかった。

「まだ立つか」

鬼女は風穴の開いた体で立ち上がり、目を伏せたまま佇んでいる。腹から流れる血は止まらない。傷は深くすぐには戦えないだろうが、それでも生きていた。

そうか、いくら見目麗しくともあれは鬼。首を落とすか心の臓を穿つか、もしくは頭を潰さねば死なぬか。

ならば、もう一度だ。

再び構え、一足で懐に飛び込む。甚太は憎しみに急き立てられ拳を繰り出す。狙うは頭部、その小綺麗な面を吹き飛ばす。

対して鈴音は動かない、動けない。

元よりここまで距離を詰められれば避けるなど叶わない。

これで終わる。

確信し、憎しみに溺れたまま、とどめを——

『何度も悪いけど、させないわ』

なのに遮られる。今までどこに潜んでいたのか、三又の槍を携えた鬼女が現れていつだったかと同じように横槍を入れられた。

拳は止まらない。振り抜いたそれは肉を潰す。

「貴様……」

鈴音の頭部を砕くはずだった拳は、代わりにとっさに割り込んだ鬼女の心臓を貫いていた。腕を抜き次撃を放とうにも、腕がしっかりと固定されてしまっている。無理矢理にでも引き抜きたかったが、がくんと力が抜ける。今ので〈剛力〉の持続時間が切れたのか膂力(りょりょく)が極端に下がっていた。

　相変わらず鈴音は佇んだまま何の反応も示さない。割り込んだ鬼女が静かに語りかける。

『ねぇ、鈴音ちゃん』

　心臓を潰したからその命はもう長くないだろう。既に白い蒸気は立ち昇り始めている。鬼女は為す術もなく息絶えることが分かっているだろうに、それに見合わぬ優しげな語り口だった。

『逃げなさい。憎いでしょう、壊したいのでしょう。ならば逃げて傷を癒やせばいい。今の貴女は、まだ自分の力に目覚めていない。でも、百年を経れば鬼は固有の力に目覚める。貴女なら、もっと早く手に入れられるかもしれない。その後に改めて貴女の憎むものを壊せばいい』

　柔らかな悪意に背を押されて鈴音はようやく動きを見せた。甚太の横を通り過ぎ、一度捨てた白夜の頭を拾い上げると社殿を去ろうとする。

「待て、鈴音！」

　立ち止まったのは、最後の未練か。金縛りにでもあったように鈴音が体を強張(こわば)らせる。そうして目を瞑(つむ)り、かつてあった幸福を噛みしめるように一度深く息を吸った。

遠い雨の夜。

捨てられた自分。

手を繋いでくれた兄。

あの夜から、鈴音にとって大切なものは甚太だけ。彼さえ傍にいてくれればそれでよかった。父に捨てられても友達と一緒にいられなくても、貴方が触れてくれるだけで幸せだと思えた。

——でも、私が信じてきたものは幻だった。

兄もやはり自分を捨てた。

結局、最初から居場所などなかったのだと思い知って大きく息を吐く。

鬼は言う、お前が憎むものを壊せと。あの鬼女ではない。憎悪をもって鬼へと堕ちた他ならぬ己自身が叫んでいる。白夜が死んだ今、何を憎むべきなのか。残された憎悪が向かう先を探す。しばらく思考を巡らせ、それに気付き眉をひそめる。

あの人の手が全てだった。

ならばこそ、全てに裏切られた今、彼女の憎むものは決定した。

『私は、貴方を憎む。だから全てを壊す』

それが答え。

全てを憎むならば、全てを壊すが道理。

『人も、国も、この現世に存在する全てを私は滅ぼす。そうしないと私はどこにも行けない』

最後に、兄の姿を瞳の奥へ焼き付ける。

本当に大切だった。

貴方がいれば、それでよかった。

なのにどうしてこうなってしまったのか。

『……忘れないで。どれだけ時間がかかっても、私はもう一度貴方に逢いに来るから』

揺れる感情をそっと風に乗せる。

きっと真意は伝わらなかったと思う。

けれど振り返ることはせず、鈴音は完全に消え失せた。

――にいちゃん、すずはね。ただにいちゃんに笑って欲しかっただけなんだよ。

去り際、舌の上で転がすように呟いた想いは誰にも届かなかった。

鈴音が去ったのを確認し、ようやく〈遠見〉の鬼女は全身から力を抜いた。

甚太が腕を引き抜くと、支えをなくして崩れるように倒れ込む。今も白い蒸気は立ち昇り続けている。鬼女は、その生を終えようとしていた。

『あはっ……あはははは。やった、やったわ。あたし達やったわよ！　やった……あたしは、あたしの成すべきを成した！』

狂ったように笑いながら勝ち誇る高らかさが癪に障った。甚太は沸き上がる衝動を抑えられず、八つ当たりと知りながらもそれを叩きつける。

「これが、貴様らの成すべきことだと言うのか……こんなことが！」

白夜が死に、甚太は鬼となり鈴音と殺し合う。

こんなくだらない惨劇を作り上げることに何の意味がある。

砕けるくらい強く奥歯を噛み締めても、鬼女は撒き散らす激情など意にも介さない。

『あははっ、ええ、そうよ。貴方達には悪いけどね』

同情はしていたが、それでも止まれなかったと鬼女は語る。

鬼は、鬼である己からは逃げられない。一度成すと決めたなら、たとえ何があっても成す。あの大鬼と同じく彼女もまたそういう生き物だ。であれば憐れみはしても迷いなど一切なく、全てを終えた今、鬼女の顔には清々しさだけが残っている。

『あたしの力は〈遠見〉……だから、あたしには見えるの。これから先、この国は外の文明を受け入れ発展していく。人工の光を手に入れ、人は宵闇すらも明るく照らすでしょう』

先程まで笑い転げていた鬼女は、静かに息を吐いた。疲れたような、寂しげな、得も言われぬ趣き。細められた目は、きっと遥か遠くを眺めている。

『でもね、早すぎる時代の流れにあたし達、鬼はついていけない。発達し過ぎた文明に淘汰され、その存在を消していく。作り物の光に照らされて、あやかしは居場所を奪われて。そうしていずれあたし達は、昔話の中だけで語られる存在になるの』

穏やかな語り口は、逆に決意めいた強さを感じさせる。甚太は変化した鬼女の雰囲気に戸惑っていた。呑まれていると表現した方が、より的確かもしれない。彼奴らの所業を許せるわけではない。しかしいつの間にか怒りは鳴りを潜め、口を挟むこともできずにいる。

『だけど、あたしはそんなもの認めない。ただ黙って淘汰なんてされてやらないわ』

そこまで言って、鬼女は甚太を見据えた。

『あたしが見た景色を教えてあげる。今から百七十年後、あのお嬢ちゃんは全ての人を滅ぼす災厄となる。貴方は長い時を越えて、あの娘のところまで辿り着く。そして貴方達兄妹は、この葛野の地で再び殺し合い、その果てに……永久に闇を統べる王が生まれるの。あたし達を守り慈しむ鬼神が』

だから鈴音の鬼としての覚醒を促し、甚太が鬼になるよう舞台を整えた。

鈴音は鬼神として、この身は捧げられる贄として。

悔しいが、自分は鬼達の思い通りに動かされていたのだ。

『貴方はあたし達を憎むでしょう。でも、鬼神は遠い未来で同朋を守ってくれる。これでもう、いずれ訪れる人の光に怯えることはない』

笑っている。先程までの狂気に満ちた笑いではない。満ち足りた、己の生涯を全うした老人のような穏やかさだった。

「お前は……」

もはや怒りは欠片もない。それが本当の話なら、この鬼達は最初から欲望にかられたのではなく、ただ大切なもののために動いていたのか。だとすれば、人と鬼に何の違いがある。

『あたしは満足。同朋の未来を守れたわ……』

遠い未来への希望だけを抱いて、鬼女の死骸は溶けて消えた。

本当は最期に何か言ってやろうと思った。だが何も言えなかった。名を呼んでやりたかったが、名前など知らないと気付く。考えてみれば、先だって洞穴で斬り殺した鬼の名も分からないままだ。

身命を賭して同朋の未来のために戦った誇り高き者を、今まで甚太は名もなき有象無象として切り捨ててきた。

その事実が想像以上に自身を打ちのめした。

それからいったいどれだけの時間が過ぎただろう。

社に残されたのは甚太だけだった。

人はいない……ひとは、いない。

「白…雪……」

改めて社殿を見回して暗闇の中で倒れる白夜の姿を視界に留め、覚束ない足取りで傍へ近寄る。

首は引き千切られて胸には夜来が突き刺さっている。さすがにあんまりだろうと、夜来を引き抜き投げ捨てる。そして片膝をつき、横たわる彼女を抱え起こす。彼女の香はもう感じることができない。代わりに血の臭いが鼻を突いた。

「あ……」

手をそのまま背に滑らせ抱き締める。胸元に溜まった血が肌に触れる。冷たくて熱い、奇妙な感覚。彼女の血が、傷跡から自分自身へと溶け込んでいくような錯覚に溺れた。

今もからかうような声が聞こえる。

そうだ、私は……俺は何にもできない。

彼女がいなければ何一つできないのだ。

こんな堅苦しい喋り方を始めたのは、いつきひめになった白夜に少しでも見劣りしないようにと気を張っていたから。鬼を倒せるように鍛え上げたのは、幼いながらも葛野を守るために身を捧げる決意をした白夜に見合う強さが欲しかったから。生き方は曲げられなかった。でも、その生き方を支えてきた想いは一つ。

「俺は、お前が好きだった」

ただそれだけ。たったそれだけのことが甚太の真実だった。本当に好きで。誰よりも大切で。叶うならばいつまでも傍にいたかった。

「白雪……………」

だけど現実はどうしようもなく冷たい。

何が巫女守だ。何が誓いだ。俺に何ができた。惚れた女も守れず、大切な家族をこの手で傷付けた。

──俺は、何一つ守れなかった。

堰を切ったように涙が溢れ、ただ甚太は叫びを上げた。

「あ、あああああああぁ！」

夜に鬼の慟哭が響く。

白夜の亡骸にただ縋りつくしかできぬ己があまりにも無様で、しかしそれを止める術など知らなかった。

9

夢を見る。
朝のひととき。穏やかな時間。日射しの悪戯。
『おはよう、甚太』
『白雪。おはよう』
何気ない挨拶、嬉しくて。そっと微笑む。
『しかし慣れないな。起きてすぐ、お前の顔があるというのは』
『なんで？　夫婦なんだから当たり前のことでしょ』
『そうだな。……当たり前なのにな』
空々しい声。寂しさに沈む。返る笑みは希薄で。
『なにかあった？』
『いや。ただ……夢を見ていた』
『夢？』
『ああ、怖い夢だ』
いつかの景色。まどろみの日々。胸を過る空虚。

『お前がどこかにいってしまう夢だった』
『それが怖い夢なの？』
『私には、一番怖い』
手を握る。握り返す。温もりに涙が溢れる。
『どうしたの、甚太？　今日は甘えんぼだね』
『今日だけじゃない。本当は、いつだってお前に触れていたかった』
それを願っていた。でも叶わなかった。朧に揺らめく。
『うわぁ、恥ずかしい台詞』
『茶化すな。……だが、私は幸せだ。お前が傍にいてくれる』
頬が染まる。顔が熱い。だから胸はあたたかい。
『私も甚太と一緒にいられて幸せだよ』
『ああ。ずっと、こんな日が続けばいいのにな』
陽だまりの心地よさ。触れ合える距離。でもきっと……。
『それでも、貴方は止まらないんだよね？』
いつまでも、夢を見たままでは、いられない。
『白雪』
『貴方はいつまでもここにいられる人じゃないもの。だってそうでしょう？　甚太は私と同じ。誰かへの想いよりも、自分の生き方を優先してしまう人……だから立ち止まれないし、今まで貫いてきた生き方を曲げられない』

　不器用で。無様で。でも必死に意地を張って。

　二人はいつだってそうだった。そうやって歩いてきた。

『だが、私はお前を亡くしてしまった。大切な家族、守るべきもの、刀を振るう理由。私には何一つ残ってない』

『ううん、違う。今はただ見失っただけ。そんなに怖がらないで。甚太ならきっと、答えを見つけることができるよ』

　重なる掌。どちらからともなく離れる。でも心は近付いて。

『大丈夫、私の想いはずっと傍にあるから』

　いつものように、いつかのように、二人はちゃんと通じ合えた。

『貴方は、貴方の為すべきことを』

　そこで終わり。

　意識が白に溶け込む。こぼれ落ちそうな光の中で、目の前が霞(かす)んでいく。

　あるいは選んだ道が違ったのなら、この夢のように夫婦となって幸せに過ごす未来もあったのかもしれない。

　でも、そんな幸福は選べず、小さな願いが叶うことはなく。

ぱちんと、水泡（みなわ）の日々は弾けて消えた。

けれど想いは巡り、いずれ心は懐かしい場所へと還る。

だから寂しいとは思わない。

そうしてまた眠りにつく。

木漏れ日に揺れながら。

遠い、いつかの、夢を見る。

不意に訪れた目覚め。

夢の名残をまといながら、ゆっくりとぼやけた頭が覚醒していく。いつの間にか意識を失ってしまっていたらしい。社（やしろ）で泣き崩れてそのまま眠っていたようだ。

致命傷だと思っていた腹の傷は既に塞がりかけていた。程なくすれば完治するだろう。

遠くなった死に、本当に人ではなくなってしまったのだと否応なく思い知らされる。

鬼になっても胸の痛みは耐えがたい。苦々しさを味わいながら薄暗い本殿を見回せば、近くには現実が転がっていた。

白夜の亡骸（なきがら）が、彼女を殺した夜来が傍にあった。

溜息を吐き、すくりと立ち上がる。眠ってから一刻といったところか。まだ夜は明けていない。板張りの上で直に寝転がっていたせいか体が冷えている。なのに何故か暖かいと思った。

夢を見ていた。

誰かを妻に娶(めと)り、穏やかに暮らす夢。

けれど夢の中で彼女は言った。

貴方はいつまでもここにいられる人じゃない。

成程、確かにその通りだ。最後の最後で誰かへの想いよりも自身の生き方を選ぶ、そういう融通の利かない男だ。おそらく自分はこれからもそうやって生きていく。きっとそれは、今際(いまわ)の際(きわ)までも変わらないのだろう。

「白雪……」

守れなかった愛しい人の名を呟く。

甚太にとって白雪は始まりであり標(しるべ)だった。彼女がいればこそ、迷いなく歩くことができた。今は灯火なく夜道に放り出されたかのようだ。目の前には暗闇が広がっていて、多分、彼には何も見えていない。しかし標の代わりに憎しみが灯る。

去り際に鈴音は「全てを滅ぼす」と語った。

何もかも失くしてしまった。刀を振るう理由など分からない。だとしてもあれが現世を滅ぼすというのならば、けじめはつけねばなるまい。この胸に宿る憎悪が災厄を生み出してしまったのだ。ならば、為すべきを為さねばならぬ。

「悪い、行ってくる」

だから甚太は社を後にした。

涙はもう乾いていた。


一夜明け、いつきひめの訃報は集落に伝わっていた。

葛野の繁栄を願う巫女の死は皆に衝撃を与えた。元々いつきひめは白夜の家系が一手に担ってきた役である。後継を産んでいなかったこともあり、その動揺は大きい。

集落の権威達は遺体を弔った後、次代の火女をどうするか話し合っている。彼らは白夜の死ではなく、葛野の繁栄を願ういつきひめの不在をこそ嘆いていた。つまるところ、自分達の生活を支えるものがなくなってしまった不安こそが動揺の正体だ。仕方ないとはいえ、それを甚太は少し寂しく感じた。

「さて、と」

社で崩れるように一晩を過ごしてしまった甚太は、一度自宅に戻って着替えを済ませていた。

普段の着物に布の手甲、脚絆に三度笠、風よけの合羽を身にまとう。振り分け籠（現代で言う旅行鞄）には手拭いや麻紐を数本、扇子や矢立てなどの小物を少々。替えの着物や草鞋、薬品類や晒し、旅提灯に蝋燭、火打石なども用意している。全財産を懐に入れて、路銀が足りなくなった時のために鉄の小物も少しばかり。葛野の鉄製品は高く売れる。しばらくは食い繋げるだろう。

二つの籠を紐で繋いで肩に掛ける。これで準備は整った。本来なら愛刀を腰に差すのだが、今まで使っていた刀は砕けてしまった。新しいものを調達せねばなるまい。

支度を終えて玄関へと向かう。

草鞋を履き、立ち上がって最後に後ろを振り返った。

かつては元治や白雪、鈴音と過ごした家。数え切れないほどの思い出がある。

わずかな間、家族で過ごした幸せな時間に浸り、溜息と共に郷愁を吐き出す。

「今さらだな」

自ずから手放した幸福だ。懐かしむことは許されないが、誰もいない家の中にあの無邪気な笑顔がまだ残っているような気がした。それと同時に黒い何かが胸で蠢く。くだらない感傷を振り切り、引き戸を開けて我が家を後にする。すると前からちょうど集落の長がやって来た。左手に刀袋を持ち、神妙な面持ちで甚太に近付いてくる。

「長……」

「昨夜のことは、ある程度だが清正に聞いた」

正面で立ち止まり前置きもなく本題を切り出す。既に、鈴音が鬼となったことも知っているようだ。しかし表情に険しさはなく、どこか物寂しい印象を受ける。

「お主からも話を聞かせてくれ」

躊躇(ためら)いはあったが、集落を取りまとめる長には知る権利があるだろう。甚太は隠さずにぽつりぽつりと話し始める。

鈴音が白夜を殺したこと。自身もまた鬼へと転じたこと。鬼が語った未来。

荒唐無稽な話に長は黙って耳を傾ける。

聞き終えた後しばらくの間逡巡し、一転真っ直ぐに甚太を見据えた。

「お主はこれからどうする」

出で立ちを見れば分かるだろうにあえて問うたのは、決意のほどを知るためだろう。

だから間髪を容(い)れず揺るぎなく言い切った。

「葛野を出ます」

衝動的なものではない。そうせねばならぬと心に決めた。全てはいつか訪れる未来、妹と再び出会う時のために。今は故郷を切り捨ててでも前に進まなくてはいけない。

「鬼は百七十年の後、葛野の地に闇を統(す)べる鬼神が現れると言いました。そして鈴音は、現世を滅ぼすと」

鈴音。その名を口にするだけで黒い感情が渦巻く。

大切だった。なのに、こうも憎い。

惑う心に見ない振りをするように静かに目を閉じる。瞼(まぶた)の裏には在りし日の面影。選んだのは、それを踏み躙(にじ)る道だ。

「幸いにして、この身は鬼。寿命は千年以上ある。ですから私は往きます。いずれこの地に降り立つであろう鬼神を止めるために」

つまりは妹と対峙する。

守りたかったはずのものは消え失せて、残ったのはその程度。所詮は刀を振るうしか能のない男、そういう生き方しかできないのだ。

「まずは江戸へ。私の見る景色は狭く、技も心も未熟。数多(あまた)に触れ、今一度、己を磨き直そうと思います」

「よいのか。その話が真実ならば鬼神とは」

「……けじめは、つけねばならぬでしょう」

絞り出した声に滲(にじ)む感情。

嘘は許さぬと、真剣な表情で長は問う。

「だが、そこにあるのは義心ではなかろう」

人を滅ぼす鬼と対峙する。

成程、耳触りはいいが、根底にあるのはただの憎悪。

お前は、ただ鈴音が憎いだけではないのか。

見透かした辛辣な物言いに痛みを覚えたのは、紛れもない真実だからだ。

「……かも知れません」

平静を演じて見せても硬さは隠せない。胸には消しようのない憎しみがある。私怨と言われればそれまでだろう。

「憎しみに身を委ね、妹を斬る。甚太よ、お主は本当にそれでいいのか」

対峙する、などと誤魔化してみても結局はそういうこと。鈴音が人を滅ぼすと謳うならば、立ちはだかることは斬ることと同意だ。

お前は何を考えている。強い口調で詰問する長に、甚太は困ったような場違いに軽い微笑みで応じた。

「私にも、分からないんです」

素直な答えだ。自分のことなのに何一つ分からない。

風が吹く。初夏の薫風は肌を撫ぜ、しかし、その心地よさも鬱屈とした心持ちを拭い去ってはくれなかった。

「鈴音は、大切な家族です。けれど白雪……姫様を殺された恨みがある。今も憎悪が私を追い立てるのです——あの娘を殺せと」

風の向かう先を捜すように遠くを仰ぐ。

流れる雲と高い空。晴れ渡る青を眺めても、胸を染める色は消えてくれない。

「故に振り抜いた拳を間違いとは思わない。ですが、間違いだと思えなかったことを、ほんの少しだけ後悔もしているのです」

白夜を奪われ自身を踏み躙られたが、鈴音を想う心も決して嘘ではない。なのに後から後から憎しみは沸き上がって、斬ることを肯定も否定もできずにいる。だから甚太は自らの中で〝討つ〟という明確な表現を避け、〝対峙する〟という言葉で逃げた。あれを放っておけないと理解しながらも、自身のあり方を決められなかった。

「安心したぞ」

長はそういう曖昧な態度を、殺すと言い切れない甚太の迷いをこそ喜んだ。

安堵の息に視線を下ろせば、そこには初めて見る柔和な笑みがある。

「鬼に堕ちたお主は、殺戮を是とするのだと思った。だが、まだ残っているものがあるらしい」

そうなの、だろうか。

愛した人。大切な家族。守るべきもの。刀を振るう理由。自分自身。

何もかも失くしてしまった。その上で、妹を憎んで斬り殺そうと考える男に何かが残っているとは思えない。もし残っているとすれば、淀むような憎悪だけだ。

「鈴音を、殺したくないのだろう？」

情けないが明確な答えは出てこなかった。家族でありたいと思いながら、ただひたすらに殺したいとも願う。そのどちらもが本心で、矛盾する感情に甚太は唇を噛む。

「やはり、答えは返せそうにありません。今の私には、あの娘を許すことはできない。けれど躊躇いもあります。もう一度出会った時、どうすればいいのか。憎悪の行方も刀を振るう理由も、本当に何一つ分からないのです」

そうだ、何一つ分からない。

鬼神を止めねばと言いながらも、斬るかどうかさえ決められず。

「ですが叶うならば、斬る以外の道を探したい」

鬼となった今でも人の心は捨て切れぬ。

「憎しみは消えない、けれど心は変わる。今は無理でも、いつかは許せる日が来るかもしれない。だからもう少しだけ答えは出さずにいたい」

胸に淀む憎しみを消す手立てなどあるのだろうか。

〝討つ〟ではなく〝対峙する〟。それは最後の希望か、単なる未練だったのか。今の甚太には何も分からない。けれど信じていたかった。鬼神を止め、鈴音を救える未来があるのではないかと。これだけ憎いと思いながら、まだ淡い夢に縋(すが)っている。

「そうか。……では再び出会った時、鈴音が鬼神へと成り果てていたならばどうする」

夢は夢。どうしようもない現実を突き付けられる。

もしも長い歳月の向こうで鈴音を許せたとして、彼女を心から救いたいと思えたとして、彼女がなおも滅びを願ったならばお前はどうするつもりなのか。

「私がそこまで追い詰めた。ならばこそ、けじめはつけねばなりません」

知れたこと。兄として、同じく鬼へと堕ちた同朋として、救うにしろ殺すにしろ最後の幕はこの手で引かねばならない。

「もしも道行きの果てに、鈴音が滅びを願う鬼神と成るのならば」

迷いがないと言えば嘘になるだろう。だからこそ、あやふやな決意の輪郭を縁取るようにはっきりと口にする。

「私が……あの娘を討たねばならぬでしょう」

再び大切なものを斬り捨てる。そうなれば己も生きているわけにはいくまい。弔いとして、この首を彼女の墓前に捧げよう。

「それを含めてのけじめか」

「はい。己が何を斬るのか、百七十年の間に答えを探そうと思います」

前を向く。譲れないものがそこにはあった。

感じ入るものがあったのか長はゆっくりと頷き、刀袋から一振りの太刀を取り出した。

「持っていくがいい」

それを見て、甚太は身を強張(こわば)らせた。

葛野の刀の特徴である鉄造りの鞘(さや)に収められた太刀。戦国の頃より葛野に伝わる宝刀、夜来。

……白夜を殺した刀である。

いつきひめが代々管理してきたこの太刀はマヒルさまの偶像であり、集落にとって火女と同じく精神的な支柱だ。まかり間違っても外に出していいものではない。だというのに、長は平然とそれを手渡そうとする。

「夜来は嘘か真か、千年の時を経ても朽ち果てぬ霊刀だ。長き時を越えて往くお主の得物には、ちょうどよかろう」

受け取るのを躊躇ったのは、宝刀だからではない。この刀が白夜の命を奪った。そうと思えば、多少だが忌まわしいという気持ちもあった。

しかし長も引く気はないらしい。無下にもできず、わずかな迷いの後、ゆっくりと甚太は夜来を握り締める。

一度手にすれば不思議と嫌悪は湧かなかった。太刀から伝わるずっしりとした重み。冷たいはずなのに、事実金属の冷たさが肌に触れているというのに何故か温かく感じる。

「抜いてみろ」

言われるがままに鯉口を切り抜刀する。

肉厚の刀身が陽光を浴びて鈍く光る。波紋は直刃で、切れ味はもちろんのこと頑強さを主眼に置いた造りとなっている。御神刀として安置されてはいたが、これは決して観賞用ではなく実戦に即して鍛えられた刀だった。

「夜来ならば生半な鬼に後れをとることもあるまい。ふむ……これでお主は、夜来の正当な所有者となった。ならば慣例に従い、以後は甚夜と名乗るがよい」

「しかし、私が持っていくわけには」

「かまわん。いつきひめの家系が途絶えた以上、それはただの刀。社で埃を被っているよりも、お主に使われる方が余程いい。なにより……」

一瞬の逡巡の後、長はおずおずと口を開く。

「その方が、姫様も喜ぶであろう」

懺悔するような響きに、長がここへ訪れた理由をようやく察する。集落の責任者としての役目ではない。純粋に甚太の行く末を案じて来てくれたのだろう。

どうやら想像は外れていなかったらしい。まっすぐ真意を伝えるように、長は深く頭を下げる。

「済まなかった。お主と姫様が互いに想いを通じ合わせていたのは知っていた。しかし、清正もまた姫様を想っていてな。儂は我が子可愛さに、清正と姫様の婚儀を進めた。葛野の未来などお為ごかし……この惨劇は儂が招いたのだ」

正直に言えば、長がそんな行動に出るとは思っていなかった。

頭を下げて微動だにしない。その所作には、心底申しわけないという気持ちが滲み出し、清正も彼なりに白雪を愛していた。

曇りのない謝罪に気付く。

この方もまた戦っていたのだ。自分が大切に想う誰かのために。

「顔をあげてください。貴方は息子の幸福を願った。ただそれだけでしょう」

長の目には、まだ後悔が色濃く残っている。それを拭うように甚太は首を横に振った。

「そして、白雪もまた葛野の民の安寧を願って受け入れた。清正も彼なりに白雪を愛していた。そこに間違いなどなかった」

悔しいが、選択は決して間違いではなかった。それが我が子可愛さから出た行動だったとしても。……甚太の心を傷付けたとしても。誰かを想っての行為が、間違いであるはずがなかった。

「鬼達もまた、同朋の行く末を愁い戦った。皆、守るべきもののために己が刀を振るっただけ。是非を問うことではありません」

善いも悪いもない。誰もが守りたいもののために刀を振るった。その中で甚太だけが憎悪故に刀を振るい、守りたかった者を切り捨ててしまった。真に鬼と呼ばれるべきは、想いに囚われ憎しみをまき散らした自分だけなのかもしれない。

「すまん」

「もう過ぎたことです。それよりも、長はこれからどうなされるのですか」

「変わらぬよ。長として葛野を守るのが儂の役目だ。それが姫様の弔いにもなろうて。ただ……」

そこまで言って、長の目にあった後悔は随分と薄れていた。代わりに何かを思いついたらしく、にやりと意地悪く口元を歪める。

「そうだな、お主が長い年月の果てに葛野へ戻ってくると言うのなら、神社の一つでも建てようか」

「神社、ですか？」

「神社の名は……甚太とでもするか。うむ、そうしよう。甚太神社――語呂は悪いが、それもよかろう」

くつくつと笑う長など初めて見た。口にするのも冗談のような内容。しかし表情は一転、真剣なものに変わっていた。

「時の流れは残酷だ。百年の後、ここはお主の知っている場所ではなくなっているだろう。人も景色も、鬼程長くあることはできない」

きっと長は集落の行く末を思い浮かべているのだろう。甚太には、その景色が見えない。一寸先も覚束ないのだ。百年先など想像もできなかった。

かつて元治も長と同じことを言っていたが、その意味を、甚太はまだ理解し切れていなかった。

「だが、瞬（またた）きの命とて残せるものもある。せめてもの詫びだ。いつか再び訪れた時、涙の一つもこぼさせてやろう。楽しみにしているがいい」

だから意図を推し量ることなどできず、去っていく長に掛ける言葉も見つからず。

一人残され、ふと握り締めた夜来に目を落とす。

曰く千年を経てなおも朽ち果てぬ霊刀。その存在が、これから迎かえる年月を強く意識させる。

「重いな」

人も景色も、鬼程長くあることはできない。

飲み込んだ真実に、刀は少しだけ重くなった。


「甚太様っ！」

長と別れ、集落の出口へ歩みを進める。その途中、横切った茶屋の前でちとせに呼び止められた。「どうした」と素っ気なく返すと、彼女は俯（うつむ）いてしまった。

「あの、姫様のこと、その……」

白夜の訃報を耳にしたらしい。狭い集落だ、あるいは鈴音が消えたことも既に聞き及んでいるのかもしれない。わたわたと落ち着かない様子で、ちとせは口ごもり続ける。

落ち着かせるように、甚太はわざと小さく笑みを落とした。

「甚太様……」

「私は何一つ守れなかった。だからそう呼ばれる資格なんてもうないんだ」

笑ったつもりでも顔の筋肉は強張って、歪な自嘲となってしまった。強がるならもう少し上手くやれればいいだろうに、ままならないものだと口角を吊り上げる。

「悪い、ちょっと行ってくる」

散歩にでも出かけるような気軽さで別れを告げる。あまりの軽さに頼りなく思えたのか、ちとせが不安げに甚太を見た。

「……甚太にい、帰ってくる?」

真っ直ぐすぎて目を逸らしてしまう。無様なこの身を慮る色が、今は耐えられなかった。

「また今度、磯辺餅でも食わせてくれ」

答えにもならない答え。そんなものしか返してやれない自分が心底情けない。けれど、ちとせは大きく頷いた。意味するところを理解しているだろうに気丈に振る舞う。

「うん、今度は一緒に……だから、いってらっしゃい」

潤む瞳。いってらっしゃい。いつか、それと対になる言葉が返ることを期待しているのだと分かる。分かるから何も言わず背を向け、軽く手を上げて返事に代えた。

——その時には、俺がお前を守るから。

守れもしない約束を交わす気にはなれなかった。

背中に注がれる視線を感じながらも、歩みは止めない。

白夜が死んだせいで集落は慌ただしかった。時折すれ違う人々は、なにやらひそひそと話しながら陰鬱な表情でこちらを見る。大方守るべきものを守れなかった情けない男を侮蔑(ぶじょく)しているのだろう。

五つの時に流れ着いて、今は故郷となった場所。だというのに、この地へ恩を返すどころか最悪の事態を引き起こして逃げるように離れる。

なんとも無様だが、今は行かねばならない。揺れる心を抑え込み、歩を進めるその先には、

「清正……」

折れた腕を三角巾で固定したまま、清正が立っていた。

待ち伏せされていたのだろう、眼は甚太を真っ直ぐに射貫いている。

鬼女と戦って敗れたというのは長から聞いた。だが、鬼女は彼を殺さなかった。何故かは分からない。他の者は殺しておいて何故清正だけ生かしたのか。

もしかしたら鬼女も甚太が倒したあの大鬼も、誰も殺す気はなかったのではないだろうか。結局のところ、この集落に害をなしたのは――

奇妙な妄想を頭を振って追い出す。過ぎたことだ、今さら考えても仕方ない。

「出ていくのか」

まだ痛みがあるのか、口調はぶっきらぼうだが言葉に力が籠り切っていない。疲れているのかもしれない。清正は見るからに精彩を欠いていた。

「ああ」

「どこに行くんだよ」

「そうだな……まずは江戸へ向かう。話によれば江戸にも鬼は出るらしい。それらを討ちながら己を鍛え直そうと思う」

「鈴音ちゃんを斬るためにか」

甚太は口を噤んだ。

何を言っても嘘になるような気がして、答えを返すことができなかった。

「あまり動くな。体に障る」

誤魔化すようにそれだけ言って横を通り過ぎようとするも、体で道を塞がれた。

文句の一つも言ってやろうと思い、けれど何も言えなくなった。

清正は泣いていた。拭いもせず、ただ涙をこぼしていた。

「……俺、お前が嫌いだった。強くて冷静で、鬼だって簡単に退治しちまって。後ろ盾なんてないのに皆に認められるお前が。なにより……白夜に想われているお前が大嫌いだった」

途中でつっかえながらも本音を絞り出す。恥も外聞もなく、清正は泣きながら訴えかけていた。

「でも、別に俺は、お前から白夜を奪いたいなんて思ってなかった。俺は、俺はただ、白夜が好きだったんだ……一緒にいれたらよかったんだ。それだけで幸せだったんだよ。なのに、俺は……俺は……」

ああ、そうか。

本当は、この男も結ばれることなど望んでいなかったのだろう。清正は純粋に白夜が好きで、大切に想っていた。想うだけで心安らかにいられるくらい純粋に。彼女がそこにいるだけで幸せだった。たとえ報われなくとも、白夜への恋慕は時が流れれば過ぎ去りし日々として、美しい思い出となって記憶に埋もれていくだけ。多分、それで十分に満足していたのだろう。

だが、清正は集落の長の息子。本人の意思とは関係なしに、彼の地位はいつきひめに触れられるほど高かった。手を伸ばせば本当に届いてしまった。皮肉にも、それこそがこの男の不幸だったのかもしれない。

「私もだ、清正」

「え……?」

「ただ一緒にいたかった。それだけを願っていた……それで、よかった」

どんな形であれ彼女と共にあれたなら、甚太もまた、それだけで幸せだったのだ。

一度、小さく息を吐く。清正と話していても苛立った気分にはならない。むしろ、ある種の安堵さえ覚えていた。

「もっと話をすればよかった。そうすれば」

こんな結末にはならなかったのかもしれない。そう言おうとしたが思い直して首を横に振った。そんなものはただの夢想に過ぎないし、清正を責めることにしかならない。

「あるいは、お前を友と呼ぶこともあったのかもしれない」

誤魔化しではあったが同時に本心でもあった。同じ想いを抱え同じ痛みを共有した。きっと、二人は分かり合えたはずだった。

「馬鹿言ってんじゃねえよ」

悪態はついても、泣きながらでも、その表情はどこかさっぱりしている。

最後に見る顔が、こうした晴れやかなものでよかった。おかげで少しだけ体は軽くなったような気がした。

「では、な。もう逢うこともあるまい」

今度こそ江戸へ向かう街道へと出る。幼い頃に流れ着いて、日々を重ねて、葛野の地はいつしか故郷となった。未練がないと言えば嘘になる。懐かしい日々に後ろ髪を引かれながらも、それでも歩みを止めることはしなかった。

「甚太っ！」

背中に投げつけられる大声。涙を止められず震えたまま。ひどく頼りない、けれど心の底から絞り出した叫びだ。

「鈴音ちゃんは、俺と同じだ……。俺が白夜を好きだったみたいに、あの子もお前が好きだったんだよ。こんなことになっちまったけど、あの子はお前が好きなだけだったんだ……」

その訴えで脳裏に映る妹の姿。

大切な家族だと思っていた。しかし、鈴音の想いは甚太のそれとは違ったのだろう。であれば気付いていなかっただけで、最初から兄妹は破綻していたのか。

いや、考えても仕方のないことだ。

ふと差し込む惑いを無理矢理に振り払う。きっと、そこには気付いてはならないものが潜んでいる。止まらない歩みは、過る不安から逃れようとしていたのかもしれない。

「だから……頼む。それだけは、忘れないでやってくれ」

必死の懇願を受けながらも振り返らず、言葉を返すこともしなかった。できなかった。鈴音の想いなど知りようもないし、甚太自身がどう見ていたのかも今さらだ。過去がどうあれ二人は互いに憎み合い鬼へと堕ちた。結局のところそれが全てだろう。

鬼は言った。

己がためにあり続けることこそ鬼の性。鬼は鬼であることから逃げられない。

異形となった今、その意味を真に知る。

いつだったか、いっしょにいてくれればいいと鈴音は笑った。あの一言に救われた遠い雨の夜。共にあった幸福な日々。今もあの娘が大切だと自信を持って言える。愛する家族だと、そう思っている。なのに、かつて慈しんだ無邪気な笑顔とともに湧き上がる憎悪が胸を焦がす。

最早それは感情ではなく機能だった。鈴音を憎み鬼と成ったこの身は、心臓が脈打つように、呼吸を止められないように憎しみから逃れられない。どれだけあの娘を愛し、大切に想っていたとしても。

――私は、そういう鬼なのだ。

胸にあるのは曖昧な憎悪。

鬼に成れど人は捨て切れず。

あやふやな憎しみだけを抱き、旅の伴に夜来を携えて甚太は葛野の地を後にする。

広がる街道は長く遠く、目指す江戸はまだ端も見えない。

「百七十年、か」

揺らいで滲む道の果てを眺めながら、江戸よりさらに先、形すらない未来を想う。

『人よ、何故刀を振るう』

遠く、声が聞こえた。

いつか再びこの葛野の地で鈴音に出逢う日が来る。

その時、己はどうするのだろうか。

鬼としてこの憎しみを抱えて歩き、鈴音を斬り捨てるのか。それとも許して人へと戻る日が来るのだろうか。今は何一つ分からない。ただ願わくは、この道行きの先で答えが見つかるように。

眦を強く、前を見据える。

「先は長いな」

そうして甚太は――――甚夜は長い長い旅路を歩き始めた。


徳川の治世は少しずつ陰りを見せ始め、現世には魔が跋扈していた。

江戸から百三十里ばかり離れた、葛野の地で起こった一夜の惨劇。鬼の襲撃によりいつきひめと呼ばれる巫女の一族は絶え、集落は失意に暮れていた。巫女は火の神に祈りを捧げる火女。崇めるべき神と繋がる術を失った葛野は、これから緩やかに衰退の道を辿るだろう。

だが、歴史という大きな流れから見れば、それは取るに足らない事柄。一つの集落の盛衰なぞ騒ぐようなものでもない。

同じく、彼の道行きもまた瑣末（さまつ）な出来事である。

葛野で起こった惨劇の後、青年は集落を出た。その行く末は誰も知らず、彼自身にさえ分からない。川に浮かび流れる木の葉の如く青年は漂流する。

それは誰に語るべくもない。

決して歴史に名を残すことのない。

鬼と人との狭間で揺れる鬼人の旅立ちであった。

時は天保十一年、西暦にして１８４０年のことである。

余談　あふひはるけし

そうして歳月は流れる。


昔々のお話です。ある村に一人のお姫様が住んでいました。

お姫様にはいつも護衛がついています。護衛の青年は幼馴染で二人はとても仲がよく、お姫様は中々屋敷の外へは出られなかったけれど幸せな毎日を過ごしていました。

でも、そんな二人を遠くから眺めている者がいます。

一人は村長の息子で彼はお姫様が好きでした。だから青年のことが憎く、いつもいつも辛く当たっていました。

もう一人は青年の妹。妹にとってもお姫様は幼馴染でしたが、兄がお姫様を好きなのが分かるから、大好きな兄を取られたような気がして寂しい思いをしていました。

それでも表面上は何事もなく毎日は過ぎていきます。

ある日のことです。村を二匹の鬼が襲います。鬼はお姫様を攫(さら)おうと考えていたようで、青年はお姫様を守るために鬼の根城へと向かいました。

森の奥にある住処には、一匹の鬼が待ち構えていました。どうやらもう一匹は村へ行ってしまったようです。

青年はなんとか鬼を打ち倒し、急いで村へと戻ります。

ただ不幸だったのは、青年の敵が鬼だけではなかったということでしょう。

「これは好機だ」

村長の息子は青年がいなくなったことを喜び、お姫様を自分のものにしようと動き始めました。集落での地位を利用して彼はお姫様に結婚を強いたのです。

お姫様はそれに逆らえません。守ってくれるはずの青年も今はいない。村長の息子は、まんまとお姫様を手に入れたのです。

憤ったのは青年の妹でした。

ですが、その怒りが向けられた先は村長の息子ではありません。

「なんでお兄様を裏切ったのですか」

大好きな兄を傷付けるお姫様こそが悪いのだと妹は詰め寄ります。それは妹の意思だけではなかったのかもしれません。妹の傍には、もう一匹の鬼がいました。鬼は、妹がお姫様を憎むように仕向けたのです。

たとえ仕組まれたものだとしても、妹の憎しみが収まることはありません。嫉妬の心に焼かれた彼女は次第に姿を変え、なんと赤い鬼になってしまいました。そして彼女は憎しみのままに、お姫様を殺してしまいます。

「妹よ、お前はなんてことをしてしまったのだ」

そこで運悪く帰ってきてしまったのが青年です。自分の想い人が妹によって殺された。それを目の当たりにした青年には妹が許せません。赤鬼となった妹を心から憎み、青年もまた青い鬼になってしまいました。

青鬼となった青年は妹を誑かした鬼を討ち、赤鬼となった妹をも斬り伏せようとします。しかし妹は兄に憎まれてしまったことを悲しみ、彼の前から去っていきました。

「私は貴方を愛していました。だから貴方に憎まれたのなら、現世など必要ありません。私はいつか、この世を滅ぼすために戻ってきましょう」

最後に、不吉な呪いを残して。

こうして青鬼は愛した人を、家族を、自分自身さえ失くしてしまいました。鬼になってしまった彼は「もう人とはいられない」と旅に出たそうです。

あるいは、行方知れずの赤鬼を探しに行ったのかもしれません。

以後の青鬼の行方は誰も知りませんが、江戸には人を助ける剣鬼の逸話がごくわずかですが残されています。おそらく、それらは旅に出た青年が江戸に立ち寄った時の逸話なのでしょう。

一説には、旅をする青鬼の隣には、いつもお姫様の魂が寄り添っていたそうです。

これが葛野の地（現在の兵庫県葛野市）に伝わる姫と青鬼のお話です。

河野出版社『大和流魂記』姫と青鬼より

２００９年2月。

私の家は、境内に桜の木が植えられた市内でもそれなりに有名な神社だ。お父さんが神主でお母さんが巫女をしているが、江戸時代から続く歴史ある神社らしい。私はあまり興味がないから謂れなんかは詳しく知らないけれど。

参拝客の少ない日曜日の朝。何気なく境内を見てみると、結構落ち葉が散らかっていた。時間もあることだしと竹箒で掃除を始める。

一人で境内を全部掃くのは時間がかかるかと思ったけれど、案外順調に進む。一時間もしないうちに掃除は終わり、一角にはこんもりと落ち葉の山ができていた。

「……寒いなぁ」

ぼやきながらかじかんだ手に息を吹き掛けて温める。吐息は白い。流れる木枯らしが小さく砂を巻き上げ、空には薄墨のような雲がかかっている。真冬の情景には色がなく、少しだけ寂しく見えてしまう。

「あら、みやかちゃん。境内の掃除してくれたの？」

振り返ると、いつの間にかお母さんがやってきていて、綺麗になったわと目を細めていた。

「ごめんなさいね、せっかくの休みなのに」

「別に。やることもなかったし」

自分でも素っ気ないと思う返しだった。こうした言い方しかできない私のことを、お母さんがくすりと笑う。

「ありがとう。でも、どうせならちゃんとした服を着ない？」

「いいよ、そういうのは」

服というのはお母さんが今着ているもの、つまり巫女装束のことだ。さすがにその恰好は恥ずかしい。お母さんは年齢よりも若く見えるし、綺麗だから似合うとは思う。だけど私が着たって似合わないし、なにより友達が訪ねてきたらからかわれるに決まっている。

わー、みやかちゃんかわいいー。一番の親友は多分そう言ってくれるだろうけど、それはそれで反応に困ってしまう。

「いいからいいから」

「ちょ、お母さん!?」

まあ、どんなに拒否しても、ほぼ強制的に巫女装束を着せられてしまうのだけど。いつも笑顔で優しいお母さんは、その実、ものすごく押しの強い人なのだ。

「いつも強引なんだから……」

結局、いつも通り無理矢理着替えさせられてしまった。

お母さんは、にこにことご満悦な様子だ。

いつ着てもサイズはピッタリ。たぶん、私の成長に合わせて巫女装束を新調しているんだろう。それを考えると、なんとなく釈然としないものを感じてしまう。

「みやかちゃん、とっても似合ってるわよ」

何の含みもなく純粋に褒めてくれているのだと分かるけど、それでも恥ずかしいことには変わらない。私は呆れるように溜息を吐いた。

「お母さん」

「なあに？」

「前から思ってたけど、なんで私にそこまで巫女をやらせたいの？」

ここは観光名所という程ではないが、ものの本に載る程度には有名な神社だ。神主が常駐していることから分かるように敷地もそれなりにある。とはいえ巫女の仕事は、ほとんどお母さんが仕切っている。人出の多いお祭りの時にはさすがに手伝ったりもするが、行事ごとにアルバイトを雇って十分に回しているし、普段から私が巫女をする必要はないと思う。

いや、働きたくないのではなく、巫女装束が恥ずかしいというだけの話ではあるのだけれど。

「そうねぇ。それが、この神社に生まれた女の役目だからかしら」

お母さんが穏やかな口調で答える。ゆったりと優しく頬を緩ませるその姿は、娘の私から見ても魅力的だった。長い黒髪はまさに大和撫子という印象。こんな女の人が巫女なら参拝客も増えるかもしれない。それに比べて私は無駄に背が高いし、長いのは同じでも髪は少し茶色がかっていて、とてもじゃないが巫女なんて似合わない。

「高校を卒業したらこの神社を継ぎなさい、なんてことは言わない。貴女は貴女の好きなように生きればいいと思うわ。でも、せめてここにいる時は巫女であって欲しいの」

境内に植えられた桜の木を横目で見るお母さんは、どこか遠い景色を眺めているようで心ここにあらずといった様子だった。かと思えば急に歩き始め、お賽銭箱（さいせんばこ）の前で立ち止まって手招きをしている。

呼ばれるままについていく。お母さんはお賽銭箱の向こう側、木の格子の奥にある御神体をじっと見詰めていた。といっても、この神社の御神体ではない。確か「狐の鏡」という名前で、もともとは火災で焼失した分社から移ってきたものらしい。なんでうちの拝殿に置かれているのかは分からないけれど。

「娘が生まれたなら、名前には必ず『夜』を付けること。そして、巫女を絶やさぬこと。

この二つだけは決して違えてはならぬ」

声の調子はいつもと変わらない。なのに、何故か重々しく感じられる語り口だった。

「これが、私達の御先祖様が取り決めたこと。私もお婆ちゃんに、この伝統だけは必ず守って次の世代に繋いでいきなさいと教わったわ」

「なんで？」

「さぁ？」

予想外の返答に、どういう顔をすればいいのか分からない。もっと重々しい感じの話になると思っていたのに。

「なにそれ」

「何故かは私も分からないわ。でも、分からなくてもいいの。この話をする時、お婆ちゃんはすごく楽しそうだった。だから、私も守っていこうと思ったのよ」

そう言ったお母さんは懐かしむような、とても穏やかな顔をしていた。

お母さんのお婆ちゃん。私からすると曾お婆ちゃんになるけれど、いったいどんな人だったんだろう。

「それにね。私達には分からなくても、それを決めた誰かにとっては、この伝統はすごく大切だったんじゃないかと思う。なら守ってあげないと。伝統は守らなくてはいけないもの。でも、本当に守るべきは伝統という形じゃなくて、そこに込められた想い」

お母さんが私に向き直った。そして穏やかさはそのままに、真剣さを増した瞳で語り掛けてくる。

「だから、私達は『夜』の名を継いでいくの。遠い昔にあったはずの想いが長い長い歳月に迷い、帰る場所を見失ってしまわないように」

自分の母親なのにとても綺麗だと思う。雲のない空を見るような、すがすがしい不思議な感覚だ。

「今度は、名も知らぬ誰かの想いを貴女が未来に紡いでいくのよ……美夜香ちゃん」

お母さんが、ふわりと柔らかい微笑みを浮かべる。すごく優しい表情だった。そうやって優しくなれるのは、きっと繋いできた誰かの想いをちゃんと大切にしてきたからなのだろう。

「お母さん」

「さ、私はそろそろご飯の用意をしてくるわね」

言いたいことだけを言って、満足そうにお母さんは家に戻っていく。すっかりいつも通りの様子なので、さっきまでの雰囲気と違い過ぎて戸惑ってしまう。

「……なんだかなぁ」

残された私はどうすればいいのか分からなくて、ただ境内で立ち尽くす。まあ、あんまり考えても仕方ない。ご飯になるまでもう少し掃除をすることにした。

そうやってのんびり境内を掃いていると、いつの間にか参拝客が訪れていた。わざわざ休みの日に朝から神社にお参りなんて珍しい。真新しい制服を着た、背の高い男の子だった。

見た目は高校生くらいで剣道部なのか、手には竹刀袋が握られている。襟元の校章はもうすぐ私が受験する戻川(もどりかわ)高校のものだ。少し年上に見えるから、もしかしたら先輩なのかもしれない。新学期前にお守りでも買いに来たのだろうか。

色々と考えていると、何故か男の子は私の方に近付いてきた。

もしかしてナンパの類？　それとも写真撮影？

「貴女は、ここの巫女ですか？　少し聞きたいのですが」

予想は思い切り外れていた。

しまった、まだ巫女装束のままだった。境内でこんな恰好をしていたら関係者だと思うに決まっている。ちょっとぼけてたみたいだ。

仕方ない、聞かれたからには受け答えはしないといけない。ただ、間違いは訂正しておこう。

「いえ、巫女じゃなくて、いつきひめです」

「いつき、ひめ？」

男の子は疑問符を浮かべている。

それはそうか。いきなり言われたら何のことかは分からないに決まっている。そういう人は結構多いので、こちらの対応も慣れたものだ。私は営業スマイルで男の子に説明する。

「この神社では巫女のことをそう呼びます。正確な理由は分かりませんが、昔からの習わしだそうです」

この神社では、何故か巫女のことを「いつきひめ」と呼ぶのだ。実はそう呼ぶということしか知らないので、最初から予防線を張っておく。さっきのお母さんの話じゃないけど、いつきひめという呼び方にも誰かの想いが込められているのかもしれない。そんな想像をしたら、なんだか自然とかすかな笑みがこぼれた。

「そう、ですか」

男の子は「いつきひめ」と噛み締めるように呟いた。かと思えば真剣に、どこか縋るように問い掛ける。

「済みません……この神社は、なんというのですか？」

私は小首を傾げた。鳥居の所に看板があるのに、見てこなかったのだろうか。まあ、意識していなかったら目に入らないものなのかも。ちょっと不思議に思いながらも素直に答える。

「はい。甚太神社と言います」

　かつて葛野市がたたら場として栄えていた頃、集落の守り人の名にあやかって建てられたのが甚太神社だ。昔の葛野の民はこの神社を、甚太という人が葛野を守ってくれたのと同じように守っていこうと支えてきたらしい。

「そう、か」

　彼は目を瞑(つむ)り、ただ静かに一筋の涙をこぼした。

　同年代くらいの男の子が、強がったり隠したりせず泣いたことに私は驚いた。悲しさではない。穏やかで、だけど込み上げるものを抑えきれず涙となって流れ出る。そんな風に静かな泣き方をする男の子は初めてだった。

　それがとてもきれいで、私はただ茫然とその姿を眺めていた。

「長……貴方は、本当に私の帰る場所を守り抜いてくださったのですね」

　なんて言ったのか小さすぎて聞き取れなかった。けれど、万感の意が込められていたのだと思う。男の子は晴れやかに、落とすように小さく笑った。

「ありがとうございました。では、失礼します」

「え？　聞きたいことがあったんじゃ」

「もう聞けました。貴女は、私が聞きたかった言葉を運んできてくれた」

　その意味は私には分からない。最後にとても優しい笑みを見せて踵(きびす)を返し、振り返ることなく彼は去っていく。同年代にしか見えないけれど、あまりにも堂々とした背中が何故かやけに大きく見えた。

「……なんだかなぁ」

境内に一人残されて、でもやっぱり私には意味が分からなくて。結局、何だったのだろうと思いながら、首を傾げてまたしても立ち尽くす。世の中には変な人もいるんだなぁ、くらいしか感想は出てこない。

「みやかちゃん、お昼ご飯できたわよ……どうかしたの？」

「ん、別に」

ちょうどお母さんが呼びに来たので、先程のやりとりは忘れて家へ戻ることにした。

ふと見上げれば高く遠い空。

気が付けば薄い雲は晴れて、冬の日差しが境内には満ちていた。

そうして歳月は流れる。

始まりから遠く離れて、原初の想いは朧(おぼろ)に揺らめき、水泡(みなわ)の日々は弾けて消えた。

変わらないものなどどこにもなくて。けれど、小さな小さな欠片が残る。

逢ふ日遥けし。出逢いの日は遥かに遠く。いつかの想いは今なおここに。

二人が本当に出会うのは、もう少しだけ後の話――――

（鬼人幻燈抄②　江戸編　幸福の庭へ続く）

双葉文庫

な-50-01

鬼人幻燈抄（一）

葛野編　水泡の日々

2021年5月16日　第1刷発行

【著者】

中西モトオ

【発行者】

庄盛克也

【発行所】

株式会社双葉社

〒162-8540 東京都新宿区東五軒町3番28号

［電話］03-5261-4818(営業)　03-5261-4852(編集)

www.futabasha.co.jp(双葉社の書籍・コミックが買えます)

【印刷所】

中央精版印刷株式会社

【製本所】

中央精版印刷株式会社

【フォーマット・デザイン】

日下潤一

ISBN978-4-575-52471-0 C0193
Printed in Japan